Toute reproduction, même partielle, de cet ouvrage
est formellement interdite sans l'accord de l'auteur,
dans quelque forme que ce soit.
Tous droits réservés pour tous pays.
Dépôt légal : février 2015
réédition : décembre 2015
ISBN : 978-2-32204-498-6
Éditeur : BoD - Books on Demand
12/14 rond-point des Champs-Élysées - 75008 Paris - France

Moi, Titi, chat-guérisseur

Jacqueline Rozé

illustrations : Marie Cerutti et Pascal Sarecot

À mon enfant, Titi

« Si l'on pouvait croiser l'homme et le chat, ça améliorerait l'homme, mais ça dégraderait le chat. »
Mark Twain

« Petit à petit, les chats deviennent l'âme de la maison. »
Jean Cocteau

« Une maison sans chat est un aquarium sans poisson. »
Jean-Louis Hue

« On ne possède pas un chat, c'est lui qui vous possède. »
Françoise Giroud

« Il n'y a pas de chat ordinaire. »
Colette

Chapitre 1

Ma triste vie de jeune chat

Je mène une vraie vie de pacha… Je commande, je réclame, j'exige… Et je ne compte pas pour des prunes, ah non ! Je suis le Roi de la maison. Enfin, disons plutôt que je suis le maître de la maison, car c'est vrai, c'est un peu moi qui domine et dirige…

Mais, vous allez le découvrir, lorsque je m'attache, je sais montrer tout mon amour…

Passons aux présentations : à quelques mois près, j'ai seize ans. Eh oui, je ne suis plus un chaton, loin de là ! Je pèse environ onze kilos et, allongé de tout mon long, mesure quatre-vingts centimètres. Je dois ma taille à ma race, car mes ancêtres viennent des forêts norvégiennes.

Mon pelage est bicolore mais s'approche davantage du noir que du blanc. À l'origine, je suis un chat sauvage et ma beauté fière et altière s'en ressent.

Et attention ! Ne vous moquez pas de moi car j'en prends vite ombrage… Certains ont regretté de l'avoir fait : ils ont rapidement trouvé à qui parler ! Grrrrr ! Sschhhhhh ! Figurez-vous que l'on a, un jour, osé m'appeler *Sumo* ! Me faire cela à moi, à cause de mes quelques petits kilos en trop ! Je n'étais pas content ! Mais ma maîtresse, enfin ma « maman » adoptive comme je l'appelle, elle, m'a rebaptisé Titi. Je trouve cela joli et doux. Je suis son Titi d'amour ! Et j'aime ça !

Je suis un chat privilégié car j'ai aussi une marraine. Elle s'appelle Joëlle et c'est une « deux pattes » formidable, au grand cœur ! Bon, elle préfère les chiens aux chats, chacun a ses défauts, mais elle s'occupe des défavorisés, humains et animaux, sans distinction ! Je l'aime et je lui suis très reconnaissant. Car il faut que je vous dise : c'est grâce à elle que j'ai pu quitter ce lieu abominable qu'on appelle « refuge ». Oui, c'est elle qui a emmené ma maman là-bas et m'a permis de la rencontrer !

Je vais maintenant vous raconter toute l'histoire… Écoutez bien ! J'ai tant de choses à vous dire !

Mais avant de commencer, savez-vous ce qu'est l'anthropomorphisme ?

Non, non, ce n'est pas un gros mot ou une insulte, voyons ! Juste un mot un peu savant… pour désigner quelque chose que je réfute totalement !

Je vais vous expliquer. Laissez-moi juste me concentrer quelques minutes pour être bien clair. Car, je le sais, il m'arrive souvent de partir dans des digressions et d'égarer mon auditoire ; c'est un travers dans lequel je ne veux vraiment pas tomber cette fois ! Allez, je me lance, écoutez-moi bien…

Selon le Larousse, que j'ai consulté sur Internet par-dessus l'épaule de ma maîtresse (eh oui, j'ai beau avoir seize ans, je suis un chat très moderne, moi, au fait des évolutions technologiques !), l'anthropomorphisme, c'est la « *tendance à attribuer à Dieu, à un dieu, les sentiments, les passions, les idées et les actes de l'homme* ». Bon, là, s'il n'y avait eu que cette définition, je n'aurais rien dit : Dieu et les dieux, cela ne me concerne pas, enfin, pas vraiment. Mais la définition la plus commune, elle, me concerne directement ! En effet, selon d'autres sources, l'anthropomorphisme, c'est le fait d'attribuer aux animaux des sentiments typiquement humains. Et là, je ne suis pas d'accord !

Quelle ineptie ! Je reste poli mais c'est un autre mot qui me vient à l'esprit ! Comme si, quand un homme et/ou une femme appelés Auteur racontaient la vie d'un des nôtres, ou encore lorsque nos parents à « deux pattes » parlaient de nous, ils nous prêtaient des attitudes et des sentiments *typiquement humains* ! Des façons d'être, de réagir, de ressentir, que nous ne pourrions pas avoir en réalité, qui ne nous seraient pas propres ! Quelle erreur ! La sensibilité, le fait d'éprouver de la joie, de la peine, de la souffrance même, ne sont pas des attributs réservés à l'humain !

Mais bien entendu que nous, les chats, nous pensons, parlons et ressentons toute la gamme d'émotions que les humains ressentent ! Nos comportements et capacités sont les mêmes que les vôtres !

Alors pourquoi avoir créé ce mot savant, « anthropomorphisme », pour faire croire que tout cela n'est qu'imagination, qu'il est impossible à un chat de parler et de réagir exactement comme un humain, de ressentir les mêmes émotions, les mêmes sentiments ?! Bien sûr que nous sommes dotés des mêmes capacités que les vôtres ! La vie est une ! Et c'est la même énergie qui coule dans nos veines, qu'elles soient humaines ou animales !

Pour tout vous dire, il me semble quand même parfois, que nous vous sommes supérieurs : pardonnez-moi ce jugement un peu sévère, mais quand on voit comment vous, les humains, vous passez votre temps en guerre partout dans le monde, depuis des millénaires… Et toute cette violence gratuite, dans des contrées dites civilisées… Que penser ? Nous, les chats, lorsque nous tuons, c'est uniquement pour nous nourrir, ou chasser des présences nuisibles telles que les souris. Oui, les souris sont des êtres à part, qui ne méritent pas la miséricorde : elles sont différentes de nous, les chats, et de bien d'autres animaux. Il n'y a qu'à les regarder avec leur air bête ! D'ailleurs, elles sont tellement bêtes que certaines de leurs congénères ont été totalement robotisées et servent aujourd'hui à utiliser les ordinateurs, c'est vous dire ! Bon ok, j'exagère un peu… Et d'aucuns pourraient me trouver méchant… Mais que voulez-vous, les souris et moi, ça fait deux !

Quoi ? Qu'est-ce que vous dites ? Je vous entends, vous savez ! Je lis dans vos pensées ! Ça aussi, c'est une qualité que nous avons, nous autres les animaux, et qui fait notre supériorité ! (enfin, surtout nous, les chats, parce que les autres sont beaucoup moins subtiles !).

Donc, vous me rétorquez que nous, les chats, nous tuons aussi des oiseaux par jeu, alors qu'ils ne sont pas des animaux nuisibles et que nous n'avons pas toujours faim en le faisant…

Oui, c'est vrai, il me faut bien le reconnaître. Mais que voulez-vous, nul n'est parfait, même pas moi qui suis pourtant proche de la perfection ! Et puis, les oiseaux, c'est comme des souris volantes, ça bouge dans tous les sens… Comment résister ? J'ai bien essayé de me modérer, de me raisonner même, mais vous ne pouvez m'en vouloir ? Vous arrivez, vous, à résister devant un bon gros gâteau qui vous tend les bras ? Alors que pour moi, un gâteau, ça ne me fait ni chaud ni froid !

Vous voyez bien, au passage, que nous avons les mêmes qualités… et les mêmes défauts que vous !

Bon, mais ne me faites pas perdre le fil de mon récit, s'il vous plaît ! J'ai tant de choses à vous dire ! Eh oui, je vous l'ai annoncé, je veux vous raconter une histoire. La mienne…

Et quelle histoire que celle de ma vie !

Je n'ai pas souvenir de ma naissance et des premiers mois de ma vie. Comme beaucoup de mes frères, je ne sais pas vraiment qui étaient mes parents. Ma mère, je l'ai à peine connue, et mon père, je ne l'ai jamais vu… Je ne me souviens même plus dans quelles conditions j'ai vécu ma petite *chat'fance*… Bon, oui, je sais, le mot n'existe pas. Mais que voulez-vous, je suis d'humeur guillerette aujourd'hui, et je ne sais pas pourquoi, j'ai envie de vous plonger dans mon univers félin… Alors inversons les rôles pour une fois et félinisons, félinisons !

Pour en revenir à mon histoire (enfin ma chat'stoire… Si, si, je vais y arriver à vous la conter, cette histoire !), je sais juste une chose : je vivais abandonné dans un quartier de la ville de Nantes. J'étais famélique, la vie était dure, j'avais froid, l'univers entier me semblait hostile, mais je n'avais encore rien vu !

J'ai été trouvé, errant, à l'âge d'un an, et placé – Dieu sait pourquoi ? Je dérangeais peut-être ? Car je doute que ce soit par pure bonté d'âme… – dans un de ces orphelinats que les humains appellent refuges. Bel euphémisme… J'y ai été très malheureux, en fait.

Il y avait, dans ce soi-disant refuge, des chiens aussi bien que des chats. Celui qui s'occupait de nous (doux euphémisme, une fois encore !) me battait régulièrement car il ne m'aimait pas. Allez savoir pourquoi… J'étais sa « bête noire » et il m'a transmis à son tour la peur des hommes. Personne ne pouvait plus m'approcher sous peine de se faire mordre.

Je vais vous raconter des choses bien tristes sur mon passé, que même ma mère adoptive ne connaît pas. Elle pleurerait trop si elle apprenait tous ces épisodes de ma jeunesse, et à quoi bon ?… Le passé, c'est le passé, comme on dit, mais parfois il me revient en pleine face et mes poils se hérissent.

Allez, je vais être franc. Je mens un peu pour garder la tête haute. Mes poils se hérissent certes, comme si j'étais prêt à l'attaque, mais en vérité, c'est autre chose qui se passe : rien qu'au souvenir de ce passé douloureux, je suis parcouru de frissons de peur et d'angoisse. Car on n'oublie jamais la violence dont on a été victime ; elle fait de vous un être brisé, fragilisé à vie, qui sait non seulement que l'horreur existe, mais que ceux qui sont là pour vous protéger ne le font pas toujours et peuvent, à l'inverse, se révéler de véritables bourreaux.

Vous avez peut-être entendu parler de quelques tristes cas de maltraitance qui ont été médiatisés ces derniers temps, et parfois condamnés par la loi : un homme qui avait jeté un chaton contre un mur et publié la vidéo sur Internet (pauvre, pauvre Oscar !) ; ce restaurateur qui avait lancé un produit à base de soude sur un autre de mes congénères, etc. Mais vous imaginez-vous seulement combien nous sommes, ainsi, à avoir été torturés sans que quiconque n'intervienne, ne s'en soucie même ?

Moi, dans ce refuge, l'homme dont je vous parlais – et qui était censé prendre soin de nous ! – prenait un bâton pour me frapper. Oui, vous avez bien lu : il visait mes pattes et mon ventre. Je ne sais pas pourquoi, mais c'est toujours à ces parties de mon corps qu'il s'en prenait. Il commençait par me tapoter, pour que je réagisse, puis frappait de plus en plus violemment. À chaque fois qu'il s'approchait, je devenais nerveux, je ne savais jamais s'il allait m'ignorer ou à l'inverse s'en prendre à moi.

Chaque jour, il me donnait exagérément à manger, plus qu'aux autres, mais une nourriture différente, qui parfois dégageait une odeur nauséabonde. Au début, je ne pouvais l'avaler tant elle était mauvaise, et j'en laissais dans l'écuelle, mais j'ai vite compris que dans ce cas-là, il devenait systématiquement violent. Alors, j'ai appris à avaler, avaler sans y penser, pour éviter de lui donner une raison supplémentaire de me battre.

Je ne suis parti du refuge qu'à l'âge de trois ans, après deux longues années de mauvais traitements et de souffrances. On m'avait présenté à beaucoup d'êtres humains, mais ils n'étaient jamais satisfaits de moi : j'étais toujours, à leur goût, soit trop gros, soit trop grand. J'aurais voulu leur crier de ne pas s'attacher à ces détails, de m'emmener avec eux, que je saurais devenir le plus beau et le plus gentil de tous les chats du monde… Je les suppliais de m'emmener… mais rien n'y faisait. Alors, je leur en voulais, et je crachais pour les punir de m'avoir critiqué, et plus encore de me considérer comme un objet, une bête de foire. Ils n'avaient aucune délicatesse et me jugeaient comme si j'étais un simple produit de consommation, disponible sur le marché de leurs envies.

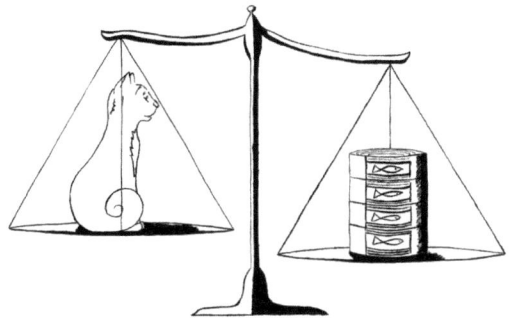

En fait, les toutes premières fois, j'y avais cru ; et j'étais à chaque fois plein d'espoir lors de ces rencontres : je pensais qu'à la longue, une famille allait m'accueillir chez elle ; qu'enfin je pourrais fraterniser avec des humains différents, qui ne seraient pas des tortionnaires.

Depuis mon arrivée, certains jours, je voyais des hommes et des femmes venir avec leurs enfants. Ils avaient l'air avenant, n'avaient pas de bâton dans les mains. Ils passaient devant les cages, celles des chats, celles des chiens. Ils s'arrêtaient, regardaient, s'extasiaient devant l'un d'entre nous et l'emmenaient avec eux ! Je me disais donc que partir d'ici avec des gens sympathiques était possible, qu'une autre vie pouvait m'attendre, ailleurs…

Mais très vite j'ai compris que non : je ne convenais pas, il y avait toujours quelque chose qui n'allait pas. En deux mots, je ne correspondais pas aux critères de sélection. Car c'est bien de sélection qu'il faut parler : sélection des apparences… Oui, c'est bien comme ça qu'il faut le dire… Et l'amour, la compassion dans tout ça ?

Du coup, pour faire bonne figure et ne pas subir cette injustice des hommes qui me maintenait dans ce refuge-prison, j'avais appris, de façon réactionnelle, à prendre mon air le plus méchant, le plus dédaigneux, et je m'étalais pour sembler encore plus grand, encore plus gros. Ou je me levais brusquement, le poil hérissé, la queue bien dressée, comme prêt à bondir. Vous ne m'aimez pas ? Eh bien, moi non plus ! Je voulais leur faire peur, les effrayer, les repousser… autant que j'avais peur moi-même… et surtout autant que j'avais mal…

Chapitre 2

Tu m'adoptes ? Ma nouvelle vie de pacha !

Un jour, allez savoir pourquoi, quelque chose a changé. Un jour, la chance a tourné. Une dame est arrivée. Elle n'avait pas d'enfant ni de mari avec elle, juste son cœur en bandoulière. Elle s'est avancée vers moi. J'ai vu tout de suite dans ses yeux qu'elle était différente. Il y avait comme des étincelles de lumière qui jaillissaient de ses yeux et j'étais fasciné… Avec elle, je n'ai pas craché !

C'est moi, en réalité, qui ai choisi ma nouvelle maman. Incroyable, n'est-ce pas ? C'est pourtant vrai ! Oh, je revois la scène comme si c'était hier ! Elle s'est approchée de moi et m'a demandé d'une voix douce, tellement douce que j'ai senti mon moteur à ronrons se mettre en marche, sans même m'en rendre compte :

– Tu m'adoptes ?

Vous réalisez ma surprise ! Enfin quelqu'un qui me parlait vraiment, avec son cœur, pleinement confiant dans ma capacité à le comprendre.

C'était une dame plus toute jeune, mais qui avait l'air si gentil. Une dame qui, pour une fois, ne me critiquait pas. J'avais envie de me rouler par terre de contentement, les quatre pattes en l'air, mais je me suis retenu car je ne la connaissais pas encore ! J'étais encore, bien malgré moi, sur la réserve… Et puis, encore un peu de dignité, que diable !

Croyez-moi ou non, j'ai eu le coup de foudre… Ni une ni deux, je me suis précipité dans son panier. Il ne fallait pas que je laisse passer ma chance ! Je me disais, me sentant totalement confiant, « enfin, la vie te sourit ! ».

Une fois installé dans la voiture, ne pensez pas que je fus apeuré, pas le moins du monde. J'étais tellement heureux de cette délivrance ! Oui, ma nouvelle maman était venue me délivrer et je pouvais enfin quitter ce refuge de malheur ! Et puis, il faut bien le reconnaître : avec elle, je sentais intuitivement que je ne risquais rien. Mais malgré tout, le trajet me sembla durer une éternité. Je m'interrogeais sur mon futur foyer.

Serait-ce une maison ?

Y aurait-il un jardin ?

Pourrais-je sortir ?

Je me rassurai finalement : ça ne pouvait pas, de toute façon, être pire que ce que je venais de quitter, et je me réservais le droit de m'enfuir (si je le pouvais !) s'il y avait un homme à la maison. Car j'avais décidé au fil du temps (deux ans, c'est long pour réfléchir !) que je ne voulais plus être en contact avec la version masculine des humains. À présent, je voulais être heureux, je voulais VIVRE enfin ! Et j'étais bien décidé à tout faire pour y arriver !

Je me doutais bien qu'il n'y aurait pas d'enfant sur place, car ceux de la dame devaient déjà être grands et avoir leur propre foyer. Et cela ne me dérangeait pas le moins du monde ! Rester en tête à tête avec ma nouvelle maman, si douce, ne me déplaisait pas. Mais je n'arrivais pas à lire clairement dans ses pensées… Trop d'émotions me submergeaient… J'essayais toutefois de me rassurer : « Allez mon vieux, du courage, sois fort ! Tu es un chat ! ».

Je pensais en mon for intérieur que, quoi qu'il arrive, je me défendrais, au péril de ma vie s'il le fallait.

Bon, je vois qu'on ne peut rien vous cacher ! Je fanfaronne en vous racontant notre rencontre et mon départ du refuge, mais j'étais bien moins rassuré (ou plutôt chat'suré !) que ce que mes propos précédents laissent supposer.

Allez, je l'avoue : j'avais TRÈS peur, même si j'essayais de n'en rien laisser paraître… Je suis un peu chat'botin dans mon genre…

La voiture qui me transportait ralentit enfin. Je jetai un œil au dehors. Le quartier n'avait pas l'air mal et semblait plutôt paisible. Je vis d'emblée un petit jardin (qui allait s'avérer minuscule comparé à celui que j'allais bien vite découvrir, s'étendant derrière !) devant la maison de ma nouvelle maman, et je ne sais pas pourquoi, toutes mes inquiétudes s'envolèrent d'un coup…

J'étais ravi. Enfin j'allais pouvoir courir dans l'herbe, me défouler et me dégourdir les pattes à l'air libre. Si les copains du refuge pouvaient voir ça !

Mais attention, ce n'est pas pour autant que j'allais me laisser faire ! Je restais sur mes gardes !

Je découvris bien vite qu'il n'y avait effectivement pas d'homme à la maison, et pas d'enfants non plus, comme je le prévoyais. J'étais très content ! Je serais donc moi, le seul Roi de la maison ! Normal de le penser, n'est-ce pas, puisque « maman » m'avait demandé si je l'adoptais ! Je lui avais tapé dans l'œil, ça c'est sûr, et grâce à cela j'étais libre, enfin libre ! Bon, façon de parler, parce que pour l'heure, j'étais encore dans ce panier de transport… Et je trouvais le temps long !

Je n'avais qu'une envie, sortir de cette boîte à sardines dans laquelle on m'avait enfermé. D'autant plus qu'il était l'heure du repas et que j'avais hâte de découvrir mon déjeuner ! Je me mis à rêver d'une boîte de sardines, justement !

Heureusement, ma maman ne me fit pas languir plus longtemps et ouvrit le panier. À moi la liberté et les sardines !

Et en effet, une assiette bien garnie m'attendait.

Tout ça pour moi, je n'en revenais toujours pas… Et de la bonne nourriture par-dessus le marché ! La meilleure que j'aie jamais mangée !

J'avais aussi deux litières qui m'attendaient ! Oui, deux, pour moi tout seul – quelle délicatesse !

Et il y avait aussi une véranda ! Vous savez, ces belles pièces vitrées… Un endroit qui me permettrait de profiter de la vue sur le jardin, les jours de pluie.

Cela me semblait trop beau pour être vrai.

Il fallait que je reste de marbre, que je ne m'emballe pas (sous peine d'atterrissage douloureux !) et que je fasse comprendre à ma nouvelle maîtresse qu'elle ne me ferait pas perdre totalement la tête avec ses petites attentions et ses mamours ! J'avais déjà assez donné avec les retours de bâtons !

Et pour commencer, qu'elle ne s'avise pas de m'appeler Sumo, sinon je mordrais !

Tout à mes tergiversations, je commençai quand même à visiter la maison – qui me plaisait de plus en plus – et ne tardai pas à trouver la chambre à coucher. Quel délice ! L'atmosphère de cette chambre était à l'image de ma nouvelle maman : la douceur personnifiée ! Tout le mobilier, les rideaux, étaient d'un blanc cassé très léger, à peine relevé par des double-rideaux grenat du plus bel effet… Une lumière diffuse se dégageait de cette pièce qui donnait déjà envie de s'y reposer… en toute quiétude !

Mais le plus beau, c'était le lit, avec son édredon moelleux et tout rebondi… Rien qu'à le voir, j'avais envie de m'y étendre de tout mon long, de m'y frotter, de m'y rouler pour sentir enfin la douceur d'une caresse sur mon petit corps meurtri… Et puis, j'imaginais que j'allais pouvoir m'y lover en me laissant glisser tout doucement dans le sommeil du juste… Ce sommeil que je n'avais pas encore connu jusqu'à présent ! Je m'y voyais déjà ! Et je me disais qu'à force de persuasion, j'arriverais bien à m'y faire accepter sur ce grand lit moelleux. Et ma maman avait l'air si gentil !

Mais il allait falloir jouer serré, ne pas se faire remarquer… se faire désirer même… Avec les humains, tout est si compliqué !

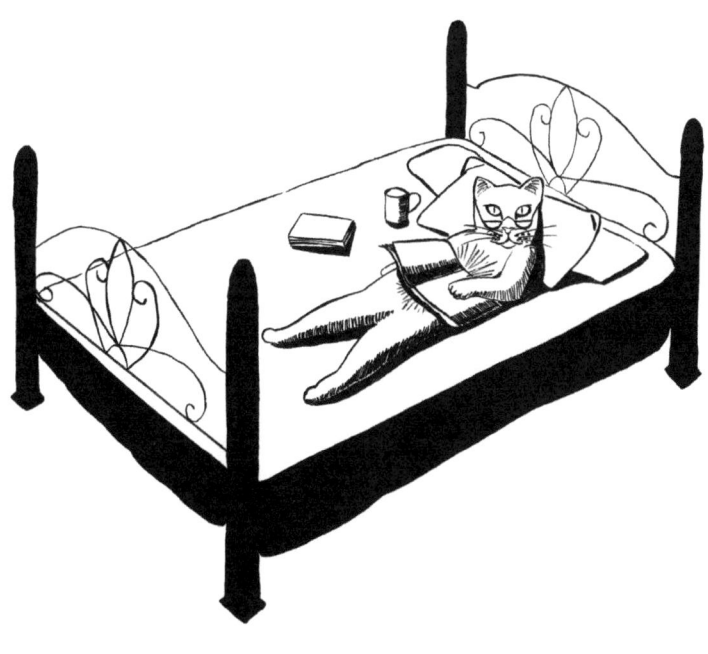

Au début, je ne me laissais pas approcher. On ne me touche pas comme ça, moi ! Après tout ce que j'avais entendu sur mon compte, je restais farouche… Lorsque maman arrivait à côté de moi et tendait la main pour me caresser, je lui mettais de petits coups de patte. Mes ongles n'étaient pas coupés et elle retirait vivement sa main.

Elle ne m'en a jamais voulu car elle a tout de suite compris que j'avais été maltraité pendant les trois premières années de ma vie. Que l'on ne me veuille plus de mal, et même mieux, que l'on veuille me rendre heureux, dépassait pour moi l'entendement, car au refuge je ne recevais que coups et injures. Et je ne savais répondre qu'en me défendant, qu'en cherchant à parer tout geste effectué à mon égard… qui ne pouvait être qu'une attaque.

Alors, forcément, quand tout vous arrive d'un coup, un nouveau foyer confortable, une nouvelle maman et une attention bienveillante à laquelle on n'est pas habitué, eh bien, il vous faut un temps d'adaptation.

Je souris en me remémorant ce jour lointain de mon adoption : j'étais comme un enfant durement traumatisé et nouvellement délivré de ses bourreaux, craignant au fond de lui que son nouveau bonheur lui soit enlevé… Quelle tristesse !

Huit jours s'étaient écoulés depuis mon arrivée et je me plaisais à croire que j'allais enfin être heureux pour de bon. Ma nouvelle maman avait toutes les meilleures intentions à mon égard, et j'en étais touché, ému. Comme elle s'absentait souvent pour aller voir sa mère, à chaque fois qu'elle s'en allait, elle me laissait la musique et la lumière pour que je ne me sente pas seul. J'appréciais ses marques d'affection. Je me disais qu'elle était sensible, que je ne m'étais pas trompé en la voyant la première fois, qu'elle m'aimait vraiment et que j'allais enfin pouvoir m'abandonner à mon bonheur de vivre avec elle… enfin pouvoir oublier ce refuge qui me terrifiait encore…

À ce propos, il faut que je vous raconte !

Deux jours après mon arrivée dans ma nouvelle maison, une dame du refuge est venue nous voir tous les deux. Lorsque j'ai aperçu la camionnette qui arrivait, j'ai eu peur comme si je voyais surgir le diable ! Je me suis sauvé et caché pour que l'on ne puisse pas me reprendre.

Je suis sorti de ma cachette seulement quand cette femme et sa camionnette sont enfin reparties. Mais alors que j'entrais dans la véranda pour m'y prélasser après tant d'émotions, bizarrement, maman m'y enferma sans un mot, et à ma grande surprise (ou devrais-je dire, à mon grand désespoir !), l'employée du refuge réapparut quelques minutes après !

Je compris que j'avais été berné ! Maman m'avait trahi ! Allait-elle m'abandonner, elle aussi ? J'avais soudain très peur !

L'employée du refuge s'est alors approchée de moi en minaudant :
– Mon chéri, tu te sens bien ici ?

Cette affreuse femme me parlait gentiment, faisait semblant de s'intéresser à moi, me demandant si je me sentais bien, alors qu'au refuge elle ne cessait de me gronder ! Quelle hypocrite !

Alors, poussé par l'énergie du désespoir et de tous ces souvenirs qui remontaient soudainement à la surface, je me précipitai sur son bras et la mordis très fort, jusqu'au sang. Non, je ne repartirai pas avec toi ! Plutôt mourir ! Elle se mit à crier, se leva d'un bond et partit bien vite, sans attendre l'aide que ma maman lui proposait. On aurait dit que c'était elle qui avait vu le diable, cette fois ! Chacun son tour ! Je me dis que ce n'était qu'un juste retour des choses !

Je m'attendais à être frappé, puni pour ce que j'avais fait. Mais au contraire, maman m'appela gentiment :
– Viens, Titi.
Elle me caressa en me disant :
– Mais qu'est-ce qu'ils ont bien pu te faire pour que tu réagisses comme cela ! Je te le promets, Titi, tu ne connaîtras plus jamais les coups, plus jamais !
Désormais, je m'appelais Titi…

J'ai immédiatement compris que je ne retournerais jamais au refuge, que je pouvais avoir 100% confiance dans ma nouvelle maman. Je me suis alors frotté à ses jambes en ronronnant. Et j'ai enfin senti comme une libération dans mon cœur…

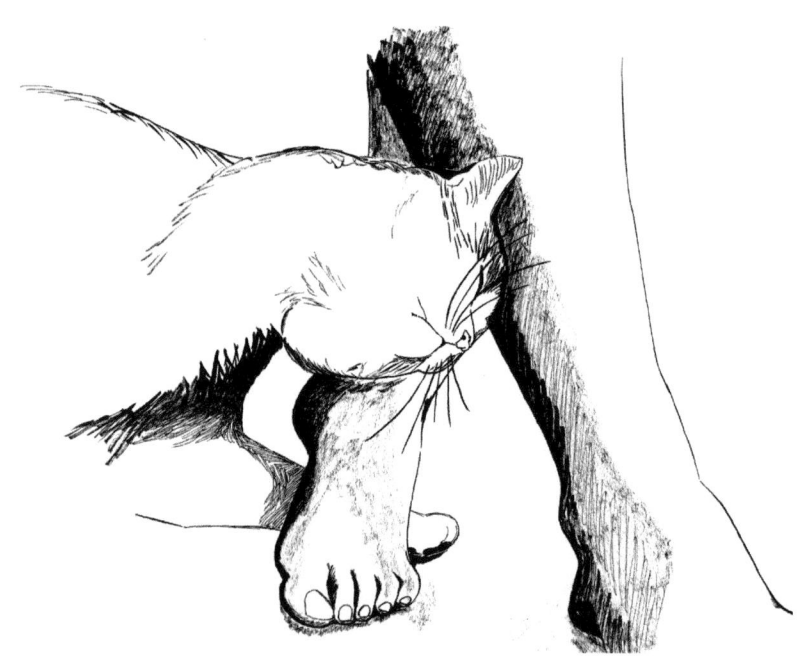

Croyez-moi si vous voulez, j'étais heureux, le plus heureux des chats ! J'ai même eu droit ensuite à une bonne assiette de poisson. Quelle gentille maman ! Ça me changeait tellement de mon ancienne habitation ! Là-bas, je n'avais droit, au mieux, qu'à des croquettes dures qui me faisaient mal aux dents et qui puaient !

Petit à petit, nous avons appris à nous connaître et à partager le quotidien.

Des gens venaient régulièrement à la maison et je n'aimais pas cela.
Ils avaient tous la même réaction en me voyant :
« Mais qu'il est gros ! ».
J'aurais préféré que l'on dise simplement que j'étais magnifique, mais bon, que voulez-vous ! Personne n'arrive au niveau de ma maman ! Elle, au moins, sait voir au-delà des apparences ! Quand je le lui dis – parce que nous communiquons, elle et moi –, elle me répond que c'est normal et que je n'ai pas à la complimenter. Mais je fais ce que je veux !

Après cela, certains essayaient quand même de me caresser. Non mais !… Pour qui se prenaient-ils ?

Ils firent l'amère expérience de mes morsures, foi de minet ! Un Roi ne se laisse pas toucher par n'importe qui… Surtout après avoir été insulté… Un Roi, c'est susceptible… N'est-ce pas ?

Maintenant, à la maison, c'est beaucoup plus calme. Nous avons pris de l'âge, maman et moi, et nous nous sommes calmés, enfin… surtout moi, qui commence à être bien vieux…

Mais j'anticipe, et il ne faut pas que je perde le fil de mon récit, alors revenons un peu à cette époque, peu de temps après mon arrivée à la maison…

Chapitre 3

Des petites bêtises, pas toujours à mon honneur !

Comme je l'ai déjà dit, à cette époque, ma maîtresse (enfin, ma « maman », parce que le « maître », c'est moi !) s'absentait régulièrement, pour aller voir sa mère qui vivait dans une maison dite *de retraite*.

Il m'a fallu du temps pour comprendre ce que c'est, mais j'ai écouté maman en parler à ses amies, au téléphone, et je peux vous expliquer, au cas où vous ne connaîtriez pas.

Eh oui, je n'ai pas que des lecteurs avertis dans mon public, certains sont très jeunes et ne connaissent peut-être pas ce drôle de concept que sont les maisons de retraite…

Alors, soyez bien attentifs !

Une maison de retraite, c'est un peu comme un refuge, un endroit où ceux qui y vivent sont parqués. Mais là, c'est réservé aux « deux pattes », comme je les appelle. Un endroit qui ne doit pas être bien drôle d'après ce que j'ai compris, car on n'y accueille que les « deux pattes » âgés.

Vous ne trouverez nul animal en ces lieux, ce qui les rend encore plus tristes ; car vous êtes bien d'accord avec moi ? Comment peut-on être gai et heureux sans la présence quotidienne d'un quatre pattes ?

Du coup, dans cet endroit, il y a aussi beaucoup de cannes, car en vieillissant, les humains ont encore plus besoin d'une aide sur laquelle s'appuyer, et s'ils n'ont plus leurs quatre pattes, ils sont bien obligés de trouver appui sur ce qu'ils peuvent : un bâton… Cela les transforme en « trois pattes ». Bizarre, non, de gagner une patte en vieillissant ?!

Mais parfois, on a l'impression qu'ils perdent totalement l'usage de leurs deux pattes… Ils sont alors continuellement assis sur quelque chose de très bizarre, une sorte de fauteuil qui roule, qu'ils appellent d'ailleurs tout simplement « fauteuil roulant ». Et là, dans leurs maisons de retraite, ils deviennent alors des « deux pattes à quatre roues », curieux, non ?

Vous en avez peut-être déjà vu, car certains sortent dans la rue. C'est d'ailleurs parfois très triste, car les « deux pattes à roues », dans ce cas, peuvent être très jeunes, et il arrive que les gens les regardent d'un drôle d'air, et ne les aident pas à avancer dans les passages difficiles. Les pauvres !

Pour en revenir à la maison de retraite et à ses habitants, vous allez penser que ce n'est pas bien de se moquer. Mais je détestais cet endroit, enfin, quand ma maman me quittait pour y aller.

N'allez pas croire non plus que je suis un chat jaloux qui ne supporte pas l'éloignement d'avec celle qu'il aime ! Pas du tout ! Enfin, oui, un peu quand même… Mais là n'est pas la question !

En fait, je détestais cet endroit car ma maman en revenait toujours énervée. Je sentais son énervement, sa colère même, et tout le poids de sa tristesse et de sa frustration derrière. Dans ces moments-là, ses yeux perdaient leurs étincelles de lumière, c'était comme s'ils s'éteignaient… Et ça me faisait peur ! Et pour couronner le tout, maman me faisait patienter avant de me donner à manger. Moi, le Roi de la maison ! Qui avait tant besoin de réconfort !

– Attends un peu, tu n'es pas pressé, me répétait-elle.

Mais si j'étais pressé : pressé que tout redevienne normal ! Que ses yeux retrouvent leurs étincelles de lumière !

Alors, une fois, perturbé par son énervement et dépité de devoir attendre mon repas-calmant, je l'ai mordue pour lui exprimer toute ma réprobation… Et aussi pour l'aider à sortir de ses pensées négatives…

Bon, j'y suis peut-être allé un peu fort, mais que voulez-vous, quand on aime, on ne compte pas ! Et le

Roi de la maison passe avant toute autre chose, quel que soit son caprice, non ?

Ma maman, qui est la plus fine des mamans, a sûrement compris ma stratégie, car elle m'a simplement dit (enfin, elle ne l'a pas dit, mais je suis sûr qu'elle l'a pensé) :

« Mon Titi, tu n'y vas pas par quatre chemins pour me dire qu'il y a de l'électricité dans l'air et que tu le sens ! Tu as raison, tu sais, je suis électrique ce soir, mais pour décharger ce trop-plein d'énergie négative, au lieu d'une morsure, j'aurais préféré un double câlin !

L'incident était clos. Mais il y en eut un autre, quelque temps après…

C'était une froide journée d'hiver, le 31 décembre 2004 exactement. Ma maman n'était pas comme d'habitude. Elle errait, anxieuse, dans la maison. Je me suis approché d'elle et elle m'a repoussé brusquement.

J'ai senti qu'elle était énervée, électrique, comme la fois précédente, et j'ai eu peur, très peur…

Je ne sais pas ce qu'il m'a pris, mais je me suis alors précipité sur sa jambe et je l'ai mordue, bien plus profondément que la première fois. Il faut dire qu'elle était vraiment à cran, maman, et il fallait absolument que je la sorte de ses idées noires !

Son sang coulait sans discontinuer. Elle a voulu appeler un docteur, mais aucun ne pouvait venir. Le service des urgences était dépassé ce soir-là, et il a fallu attendre longtemps l'arrivée d'un médecin pour la recoudre. Heureusement, ma maman ne m'en a pas voulu. Elle a appris plus tard que sa propre maman était aux urgences, elle aussi, ce jour-là. C'est surprenant, non ?!

Je crois que c'est à ce moment-là que maman a compris que j'étais un chat télépathe…

Oh, bien sûr, j'ai ressenti une certaine honte a posteriori pour ce que j'avais fait. Parce que, malgré tout, les apparences étaient contre moi et que je ne voulais pas que maman ou un de ses proches pense que je suis méchant. Les humains vont si vite en besogne !

Alors, après cet épisode, je me suis fixé pour objectif d'être plus gentil avec elle et d'essayer de mieux communiquer, de me mettre à son niveau en quelque sorte.

D'autant que j'ai moi aussi compris beaucoup de choses sur elle…

En fait, ma maîtresse est particulière. Pourquoi ? Parce qu'elle est comme moi : elle ressent ce qui arrive à ses proches. Elle est très sensitive comme on dit. Ainsi, par exemple, le jour où sa mère était aux urgences, une partie d'elle l'avait pressenti…

Une autre fois, elle est rentrée à une heure du matin en pleurant. Elle s'est couchée et je me suis mis à ses côtés pour la veiller. Elle s'est éveillée à cinq heures du matin, puis s'est rendormie.
À peine une heure plus tard, j'ai commencé à miauler. Je savais. Je voulais la prévenir que sa mère était partie pour toujours.
Elle s'est alors levée, s'est habillée et est partie à la maison de retraite. Mais il était déjà trop tard.

Je crois que c'est ce jour-là que j'ai su avec certitude que, sans parler le même langage, nous nous comprenions parfaitement.

Après le décès de sa maman, nous nous sommes rapprochés, elle et moi, si bien que le vétérinaire qui s'occupe de moi a déclaré que nous étions en osmose tous les deux. Je ne comprends pas ce mot, peut-être a-t-il voulu dire cosmos ?

Nous vivons tous les deux, paisibles à la maison, mais de temps à autre, des étrangers viennent troubler ma quiétude. Je ne supporte toujours pas les hommes, car ils me font encore peur, et pour me défendre, je m'attaque aux sacs à main de leurs compagnes, dont je vide le contenu par terre. Je redeviens alors le chat sauvage que j'étais à mon arrivée…

J'adore cet effet que j'ai alors sur les gens ! Il vous faudrait voir leur tête, pour me comprendre ! Je suis sûr que vous vous mettriez à agir comme moi ! Les femmes qui découvrent mon forfait ont le visage qui se décompose. Elles ressemblent à des souris affolées, acculées au fond d'un trou ! Croyez-moi, dans ces moments-là, elles ne pourraient provoquer aucune séduction, aucun désir chez leurs compagnons !

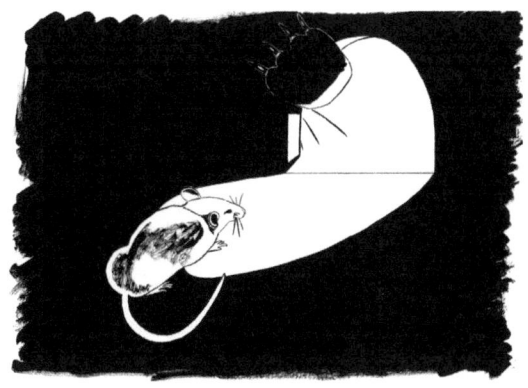

Certaines personnes ne peuvent résister à la tentation de me caresser, mais je ne me laisse jamais faire ! Je suis déjà réticent avec ma maîtresse, alors vous imaginez avec des inconnus…

Pour en revenir à ma nouvelle maman, parmi mes comportements les plus névrotiques, j'avais pris l'habitude de la mordre systématiquement lorsqu'elle passait devant moi. Je me souvenais des coups de pied que j'avais reçus de l'homme du refuge, et c'était alors plus fort que moi : je sentais que je devais me défendre, prévenir toute attaque en la devançant.

C'est bien connu, les animaux en proie à la peur ont deux stratégies pour se défendre : la fuite ou l'agression. Lorsqu'ils ne peuvent pas fuir, ils agressent… Et c'est ce comportement impulsif que je reproduisais avec ma maîtresse, à mon corps défendant…

Jusqu'au jour où elle m'a gentiment demandé l'autorisation de passer près de moi… Et ensuite elle m'a remercié.

Elle m'a traité d'égal à égal, en me parlant comme à un être doué de raison et d'intelligence, pas comme à un animal sans conscience… Cela m'a complètement bouleversé. Car c'était la première fois que quelqu'un demandait mon autorisation.

Cette fois-là, j'étais si heureux que j'aurais voulu la prendre dans mes pattes, mais ni pour la griffer ni pour la mordre. Au contraire, j'aurais souhaité lui faire un câlin, l'enlacer et lui faire comprendre ma gratitude… et mon amour pour elle ! Car oui, je l'aime tant, ma maman !

Depuis ce jour, elle me demande l'autorisation chaque fois qu'elle passe à côté de moi, et du coup, je ne l'ai plus jamais attaquée quand elle s'approchait de moi…

Un autre épisode, lorsque j'y repense, me rend honteux… Il m'est arrivé de m'attaquer, un jour, à un oisillon. C'était un merle. Je me suis précipité sur lui, le prenant pour une vulgaire souris volante, et l'ai attrapé dans ma gueule. Heureusement, sa mère veillait et elle m'a poursuivi en me labourant le dos de son bec pointu. J'ai été contraint de lui rendre son petit qui, par chance, vivait encore. C'est cette mésaventure qui m'a fait prendre conscience de la situation et respecter la vie des oiseaux, car moi aussi, tout bébé, j'aurais aimé être choyé et défendu par ma maman chat. Il est vrai que nous avons la réputation d'être cruels avec les oiseaux, mais que dire des chasseurs ? Ils nous confondent parfois avec les lapins et sont capables de tirer sur leur propre chien de chasse…

Autre incident, involontaire cette fois : avec un aquarium. Il faut vous dire que maman n'aime pas seulement les chats, elle adore aussi les poissons. Elle a un aquarium dans le salon qui fait un doux bruit de bulles qui s'échappent. Un soir où elle était partie à la chorale, je suis monté sur l'aquarium pour voir les poissons de plus près… et pour me réchauffer le derrière ! À son retour, elle s'aperçut que la vitre à l'avant était bombée. Le lendemain, elle contacta le magasin où elle avait acheté l'aquarium et un technicien ne tarda pas à venir. Il devint tout blanc et la mit en garde : l'aquarium était sur le point d'éclater !

Il était tout décollé sur le côté. Il partit chercher un autre aquarium en nous assurant de revenir le plus rapidement possible, du fait de l'urgence !

Je n'ose imaginer la réaction de maman si tout l'aquarium s'était déversé sur le sol. Il contient cent quatre-vingts litres d'eau et la vue de tous les poissons par terre ne l'aurait certainement pas fait rire !

On fait parfois des bêtises sans réfléchir aux conséquences, et là, moi je ne pouvais pas savoir…

Quoi qu'il en soit, une fois le nouvel aquarium installé, je m'apprêtais à remonter dessus comme si de rien n'était, mais le technicien m'a alors fortement grondé : je n'avais plus le droit d'y retourner !

C'est vrai que les bêtises, c'est un peu mon rayon… pour ne pas dire mon sport favori ! Quand maman est complètement absorbée par ce qu'elle effectue et que je n'arrive pas à attirer son attention, j'en fais plein.

Par exemple, il m'est arrivé de vider ma litière par

terre un bon nombre de fois… Nous, les chats, agissons parfois comme des enfants. Lorsque j'y pense, je me dis que j'ai bien de la chance d'avoir une maîtresse aussi patiente.

Ah, la patience ! Une vertu que je suis loin de posséder ! Lorsque maman écrit sur son ordinateur (et je peux vous assurer qu'elle le fait souvent !), je me sens délaissé. C'est comme si je n'existais plus. Alors, là encore, pour attirer son attention, je me frotte doucement contre ses jambes. Mais c'est terrible pour moi, parce qu'elle reste concentrée et murmure, perdue dans ses pensées : « mon chéri, maman travaille ».

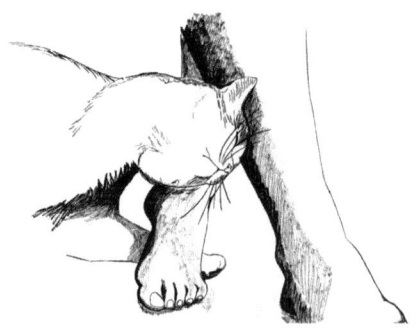

Elle écrit toutes sortes de choses : des poèmes et des romans policiers, notamment. Elle a une imagination prolifique. C'est elle qui m'a donné l'idée d'écrire ce recueil d'anecdotes sur ma vie de chat. Telle mère, tel fils !

Elle est aussi très concentrée lorsqu'elle est au téléphone. Elle y passe des heures et des heures et, ça aussi, j'ai du mal à l'accepter. Alors je lui donne de petits coups de pattes sur le bras et je me mets contre elle, j'aimerais bien entendre ce qui se dit dans la boîte.

S'il y a aujourd'hui moins d'inconnus qui viennent à la maison que les premières années de mon adoption, le téléphone, lui, ne cesse pourtant jamais de sonner. Ce sont des amies de maman. Elles ont toujours quelque chose à lui dire. Ma maîtresse en oublie de me câliner, et même de m'apporter mon déjeuner ! Elle reste pendue au téléphone pendant des heures. Le pire, c'est lorsqu'on est confortablement installés et qu'elle doit se lever pour aller décrocher. Je hais ses amies !

Lorsque l'attente devient trop longue et que la faim se fait sentir, je vais ouvrir la porte du placard, puis je retourne chercher ma maîtresse. Je renouvelle les aller-retour entre la cuisine et le bureau, jusqu'à ce qu'elle daigne quitter son ordinateur ou son téléphone. Enfin ! Ouf ! Pour le déjeuner, j'ai ce que je veux à manger. De ce côté-là, ma maman est un ange !

Lorsque je ne l'ai pas déjà fait moi-même, elle ouvre la porte du placard et je choisis ce qui me fait plaisir. Elle me sert absolument tout ce que je désire ! Un ange, je vous dis ! Dans ces moments-là, je suis si heureux que je sens mon cœur qui fait des bonds. Ah, que c'est bon de se sentir aimé ! Et moi aussi, je ferais tout pour elle ! D'ailleurs, si j'ai tant changé dans mon comportement, c'est bien parce que je me sens aimé et que je veux tout faire pour que ma maman m'aime encore plus et sois fière de moi ! Je l'aime tant ma maman !

Lorsque sa mère vivait encore, ma maîtresse était parfois très fatiguée le soir, car elle allait la voir quasiment tous les jours, en plus de son travail à la maison. À cette époque, elle avait peu de temps pour s'occuper de moi et je la mordais très fréquemment pour attirer et obtenir son attention. Pendant presque quatre mois, elle est partie tous les après-midi et ne revenait que le soir venu. Moi, je restais tout seul et me languissais. Mais j'ai grandi, compris et évolué. Oui, je me suis bonifié en vieillissant, comme le dit le proverbe !

Oh, je me rends bien compte que j'exagère encore, parfois, lorsque je quémande encore et toujours de l'attention alors que ma maîtresse est occupée. Je lui demande aussi, souvent, un autre plat à manger alors que cinq assiettes sont déjà à ma disposition. Mais que voulez-vous, il faut bien que je teste son amour de temps en temps ! Que je vérifie si c'est toujours bien moi le Roi !

C'est vrai que tu m'aimes, maman, tu en es bien sûre ? Alors, prouve-le !

Et lorsqu'elle accède à ma demande, je regarde à peine ce qu'elle me sert… car ce n'est pas ce qui compte, évidemment ! Ce qui compte, c'est le geste, la preuve… et une fois que je l'ai, je peux partir dormir tranquille !

Quoi ? Quel ingrat je fais ? Mais c'est comme ça qu'elle m'aime, ma maman ! Je suis son petit Roi, parfois tyrannique et capricieux, mais elle m'aime comme ça !

Avec l'âge, je me rends compte aussi que mon comportement n'a vraiment pas toujours été parfait, ça non, alors que ma maman est si gentille avec moi… Je me demande souvent comment elle a fait pour m'aimer aussi intensément, dès le premier jour, alors que j'étais parfois si dur avec elle.

Il paraît que les enfants, lorsqu'ils grandissent, éprouvent ce même sentiment d'avoir été injustes envers leurs parents, et qu'ils regrettent ce qu'ils ont fait… Moi, je ne regrette pas vraiment, car je sais que ma maman m'a toujours compris ; elle a toujours compris que je n'avais pas mauvais fond mais que je souffrais du « syndrome du persécuté », comme elle dit… Et je sais qu'elle m'a déjà tout pardonné ! Un ange, je vous dis ! Ma maman, c'est la meilleure des mamans ! Et moi, je suis le plus heureux des chats !

Chapitre 4

Moi, Titi le thérapeute

Après le décès de sa maman, et suite à de grosses querelles avec des personnes de son entourage, ma maîtresse a, en partie, perdu la vue. Je crois qu'elle ne pouvait plus supporter de voir le monde tel qu'il est : dur et violent. Alors elle a fermé ses yeux.

Pour l'accompagner et l'aider à descendre les escaliers, je me mettais sur les marches et elle avançait doucement, se guidant en posant délicatement son pied sur moi. C'est à partir de ce moment-là que j'ai réellement commencé à veiller sur elle.

Puis, elle a dû être opérée, et heureusement, l'intervention a été un franc succès ! Mais peu de temps après, elle a commencé à avoir mal aux jambes. Le docteur ne savait pas ce qu'elle avait, mais ma maîtresse a compris qu'elle ne marcherait plus comme avant. Les médicaments étaient de plus inefficaces sur elle, et la douleur la réveillait la nuit, la faisant pleurer de fatigue et de souffrance. Ses nerfs ne fonctionnaient plus correctement et elle ressentait des décharges électriques dans tout le corps.

Alors, je restais auprès d'elle pour la veiller, et dès qu'elle souffrait trop, je me glissais délicatement sous les couvertures et me couchais sur son aine, au niveau de l'artère fémorale (car, vous ne le savez certainement pas, mais c'est là que tous les nerfs passent). Je restais ainsi quelques minutes, blotti sur elle, protecteur, puis j'allais de l'autre côté, afin que peu à peu la douleur la quitte, qu'enfin elle ne ressente plus cette horrible sensation qui la tenait éveillée les longues heures de la nuit, qu'elle puisse enfin se rendormir. Ensuite, seulement, je retournais me coucher et m'endormais à mon tour.

Oui, vous comprenez bien : j'ai le pouvoir d'apaiser la souffrance ! En tout cas, celle de ma maman !
Je suis même passé en direct sur France Inter, un

matin ! Ma maman a discuté avec des chercheurs sur l'intelligence des chats et des chiens, et elle leur a raconté ma façon de l'aider et de soulager ses douleurs. Elle a évoqué l'inefficacité des remèdes, et raconté comment moi, je savais toujours exactement où elle avait mal, sans qu'elle ait besoin de me dire quoi que ce soit. Elle leur a bien dit combien j'étais plus efficace que médecins et thérapeutes !

Bien que je ressente une grande humilité, quand je l'aide comme ça, je me sens aussi fier et heureux. Personne ne sait s'occuper d'elle comme moi. En réalité, personne ne lui propose vraiment son aide. Si vous saviez combien cela me hérisse le poil ! C'est tout simplement insupportable !

Pourtant, lorsqu'elle était bien portante sur ses deux jambes, elle rendait de très nombreux services.

J'avoue ne pas bien comprendre certains comportements humains. Les hommes et les femmes s'embrassent, se congratulent, développent de multiples relations sociales, ont l'air très proches ; bien plus que nous, les chats. Et pourtant, à certains moments, en général quand quelque chose change dans une situation (mais quoi ?, c'est parfois impossible à définir !), ceux qui ont été fréquemment aidés et qui vous assuraient de leur profonde sympathie, qui vous promettaient une présence indéfectible en cas de besoin, s'avèrent absents ! Quelle ingratitude !

Pour tout vous dire, je m'inquiète constamment pour ma maîtresse, je crains qu'elle ne tombe, car je ne sais pas si elle pourrait se relever… Et comment faire alors pour prévenir le voisinage, aller quérir des secours ? Je sais parler, certes, mais il n'y a que ma maîtresse qui semble me comprendre !

Oh, mais vous ne savez pas tout encore !

Je ne suis pas seulement doué pour soigner la douleur, je suis aussi capable de ressentir ce qui arrive aux personnes qui sont proches de ma maîtresse. Ainsi, j'ai ressenti un jour l'hémorragie cérébrale d'un de ses amis. Je me suis mis à miauler à la mort, comme les chiens. Elle a eu très peur, car elle a d'abord cru que je ressentais une profonde douleur et que j'allais mourir. Mais très vite, elle a vu et compris qu'il s'agissait d'un avertissement, et que c'était son ami qui avait besoin d'aide ! Depuis, elle m'appelle son chat thérapeute !

Je ne suis certes pas le seul chat à apporter du soutien aux êtres humains. C'est un peu le fait de notre race, et des animaux en général, de veiller sur les humains… quand ces derniers nous en laissent l'opportunité ! De nombreux matous véhiculent ainsi chaleur et réconfort, surtout aux personnes âgées. Nos ronronnements sont bienfaisants. Ils calment les douleurs et la tension nerveuse, et cela a été clairement reconnu par le corps médical. Je crois qu'on appelle ça la ronronthérapie ! Mais on en parle moins dans les médias que des événements négatifs !

D'ailleurs, avez-vous remarqué combien les humains semblent se délecter des histoires tristes, pour ne pas dire abominables ? J'avoue que cela me surprend. Ne serait-il pas plus bénéfique, pour le moral de chacun, de médiatiser les belles histoires, celles qui valorisent l'empathie, l'entraide, le partage, la solidarité, qui existent entre humains et animaux ? Ne prendrait-on pas alors davantage modèle sur ces expériences, pour le bien de tous ?

Tenez, moi, par exemple, je me sens honteux lorsqu'on me fait part d'anecdotes où mes congénères ont, eux, fait preuve de bonté, de gentillesse, dans une situation où moi je m'étais, à l'inverse, mal comporté. J'ai envie de les prendre en modèle, et je change de comportement. Mais si on ne me présentait que des événements dans lesquels les protagonistes, loin d'être des héros, sont d'abominables êtres, nul doute que je deviendrais moi-même un chat'rlatan (je veux dire par là, un escroc, un menteur, un être malfaisant).

Bon, mais pour en revenir à ma maman qui, elle, essaie toujours de bien se comporter, sachez qu'elle apporte son soutien aux gens.

Je vous en reparlerai plus tard, elle est ce qu'on appelle un guérisseur…

Et lorsque des personnes lui envoient des mails dans lesquels elles se plaignent de divers maux, elle me laisse parfois y répondre. J'ai donc désormais mes patients attitrés. J'adore ! J'ai même réussi, de cette façon, à faire remarcher un homme alors qu'on le pensait condamné à rester alité !

Je ne suis pas un chat comme les autres mais ce n'est pas pour autant que j'ai les chevilles – ou les pattes – qui enflent !

Ma maman, outre le fait de savoir réconforter les gens, tout comme moi, a aussi d'autres dons… Elle est médium et sait rentrer en contact avec les animaux. Un jour, les gendarmes lui ont apporté une photo d'un beau et grand chien (oui, parce que du coup, maman est sollicitée parfois par la police pour aider à la résolution de certaines enquêtes ! Un peu comme dans le film à la télé, vous vous souvenez ?). Le maître de ce pauvre chien l'avait brûlé vif, et s'il avait survécu malgré ses brûlures, il souffrait le martyre… Les gendarmes n'avaient pas le droit de le faire euthanasier, allez savoir pourquoi. Maman a donc parlé au pauvre chien et a atténué sa douleur pour qu'il puisse partir sans trop de souffrance.

Heureusement, son maître a ensuite été jugé et mis en prison pour de nombreuses années. Mais cela n'a pas rendu la vie à ce pauvre animal…

Ce matin, j'ai entendu à la radio que, progressivement, on en apprenait de plus en plus sur les propriétés positives des chats.

En plus de pouvoir soigner certains maux, il semble que nous soyons doués d'une très grande sensibilité. Merveilleux ! Dire qu'il aura fallu attendre des siècles pour que les humains s'en rendent compte !

Et pourtant, aujourd'hui encore, certains continuent de nous considérer comme de vulgaires jouets. On nous achète (parfois très cher !) ou on nous adopte, on nous garde quelque temps, puis on nous jette à la SPA (dans le meilleur des cas !) lorsque l'on n'est plus assez digne d'intérêt.

Ah, quelle chance j'ai, moi, avec ma maîtresse ! Oh, cela m'inspire un poème ! Allez, je vous le livre.

*Je ne suis qu'un animal
Non, pas un être humain
Lorsqu'elle souffre et va très mal
Personne ne lui tend la main*

*Alors à quatre pattes, j'arrive
Moi que l'on nomme animal
Je voudrais qu'elle survive
Et oui, je calme son mal.*

*Mais suis-je vraiment un animal ?
Oh ! Ce nom que je porte
Trouvez-vous cela normal
Et eux, ceux à ma porte ?*

*Non, ne soyez pas fâchés
J'ai une queue, quatre pattes
Vous n'avez pas à chercher !
Bisous, poignées de pattes.*

Maman en était toute bouleversée ! Elle apprécie ma délicatesse à son égard.

Aujourd'hui, elle s'est allongée pour faire sa sieste après le repas, et je suis venu la rejoindre pour m'assoupir à ses côtés. Elle était émue et des larmes de gratitude coulaient de ses yeux. Elle m'a remercié d'être présent près d'elle et de la stimuler tous les jours. Grâce à moi, m'a-t-elle dit, elle a la force de se lever tous les matins et d'avancer. Sans moi, elle resterait allongée et ne trouverait plus la force de marcher. Mon petit coup de patte pour l'éveiller le matin lui est précieux. J'étais ému moi aussi par ses paroles et je me suis allongé tout près d'elle.

Depuis quelque temps, elle a arrêté la chorale car elle y a rencontré une personne malveillante qui lui a fait du mal. Je sens dans mon cœur qu'elle a eu beaucoup de peine et j'essaie de la réconforter au mieux. Notre complicité peut parfois surprendre car nous comptons vraiment l'un sur l'autre. Nous avons su nouer avec le temps une relation que vous pourriez qualifier, vous les humains, de « fusionnelle ». Reste à savoir qui est le plus dépendant de nous deux. Je vous laisse deviner…

Maman se demande souvent qui elle est. Elle se sent différente, parfois inadaptée au monde qui l'entoure. Mais moi je la comprends car je ne suis pas non plus un chat ordinaire. Elle me dit alors que le principal est que nous nous aimions tous les deux, tels que nous sommes, et que je sache l'apaiser. Je lui réponds alors en lui faisant mes yeux de velours ! Je cligne des paupières pour lui exprimer combien je l'aime et combien je bois ses paroles qui sont pour moi comme des baumes de douceur !

Je me sens juste un peu envieux des perroquets, parfois, qui, eux, peuvent parler. Si j'avais la parole, il serait encore plus facile et agréable de communiquer avec maman. Nous échangeons beaucoup tous les deux, et j'avais même commencé à lui apprendre le langage des chats. Je lui ai enseigné une infinité de vocalises et elle s'est beaucoup exercée à répéter après moi… Elle, par contre, ne pourra jamais m'apprendre à parler, car mon larynx n'est pas adapté au langage humain : je ne pourrai jamais prononcer de mot articulé.

Certains chercheurs disent que notre cerveau est moins développé, mais je peux vous dire que je suis au moins aussi intelligent qu'un humain ! Constatez par vous-même : il faut parfois répéter plusieurs fois les choses à une personne pour qu'elle réagisse alors que moi, lorsque maman m'informe que mon poisson est prêt et pile à la bonne température, il ne faut pas me le dire deux fois ! Mon appétit passe alors avant tout, et je laisse tout tomber pour me délecter, y compris mes fonctions de thérapeute !

Chapitre 5

Ah, mes frères animaux !

Un après-midi, après avoir fait la sieste avec ma maman, je suis allé dans notre jardin, près du bassin où nagent les poissons rouges, pour manger un peu d'herbe. Les humains mangent bien de la salade, alors pourquoi pas nous ? Chez les chats, l'herbe a aussi une grande utilité : on s'en sert pour se purger…

Tout à coup, je me suis rendu compte que je n'étais pas seul. En effet, un héron était au bord du bassin et il se régalait de nos poissons. Il en avait mangé sept sur dix ! Je suis immédiatement allé chercher ma maîtresse qui a tapé bien fort dans ses mains pour l'effrayer. Il nous regardait de ses yeux moqueurs et a soudainement déployé ses ailes avant de s'envoler vers nous. Nous avons dû nous écarter pour le laisser passer ! Mais quel insolent !

Chaque année, il revient et fait le tour de tous les bassins des environs. Il est magnifique, mais j'estime que ce n'est pas une raison pour voler le bien d'autrui. Moi, par exemple, je suis d'une grande beauté, mais cela ne m'autorise pas à prendre ce qui ne m'appartient pas…

En parlant d'oiseaux, cela me fait penser à l'une de nos voisines qui n'aime pas les animaux. Elle habite quelques maisons plus bas, dans notre rue. Pendant plusieurs semaines, un merle est venu chez elle, taper son bec de très bonne heure contre les vitres. Il frappait avec insistance, bien qu'elle tente de lui faire peur. Ma maman lui a dit que c'était un signe et qu'elle devrait lui ouvrir pour savoir ce qu'il voulait. Peut-être cherchait-il à lui dire quelque chose ? Cette voisine s'est moquée de maman et n'a jamais ouvert au merle. Il s'est acharné puis a fini par partir. Je suis persuadé qu'elle a raté quelque chose.

Maman a eu un autre chat avant moi. Il s'appelait Minou. Je ne suis pas jaloux car je comprends qu'elle ait pu aimer d'autres êtres avant moi. Mais je suis certain d'être unique, et que son amour pour moi est différent, plus absolu !

À l'époque, maman vivait en appartement et comme elle recevait beaucoup de monde chez elle, Minou n'avait pas beaucoup d'espace pour se retrouver au calme. Alors, elle le sortait en laisse. Il aimait les longues promenades sous la pluie. Il faisait rire les enfants pendant ses balades, car il était spontané et tout fou. Pour aller se balader, maman prenait sa voiture et Minou avait pris l'habitude de s'assoir sur le siège passager. Il ne bougeait pas d'un pouce jusqu'à leur arrivée au parc. Je vous parle de lui car il lui est arrivé quelque chose d'horrible. Il a été empoisonné par un voisin malveillant qui n'aime pas les chats ! Ce voisin s'attaque régulièrement à tous les chats qu'il voit. Il en a même tué un en lui tirant un coup de fusil dans le dos… Pour ma part, je n'ai eu que deux fois affaire à lui et ça m'a largement suffi. Il m'a battu très fort et m'a séquestré. Heureusement pour moi, ma maman a compris qu'il m'avait enfermé et elle est allée le voir en le menaçant d'aller trouver la police. Lorsqu'elle m'a récupéré, j'avais une grosse boule sur le dos et je n'arrivais plus à marcher. Bien sûr, je suis allé voir le vétérinaire, mais au final, ma maman m'a soigné toute seule car je n'ai pas voulu prendre les médicaments qu'il m'a prescrits. Ah, quelle maman ! Lorsque mon regard se perd dans le sien, j'y ressens beaucoup d'amour pour moi. Je l'aime en retour et ce sentiment d'amour partagé me rend heureux.

Maman m'a aussi raconté qu'elle avait eu un chien lorsqu'elle habitait encore chez ses parents. Il s'appelait Pompon. Maman adorait cet animal. Tous deux privés d'affection, ils partageaient leurs peines, leurs douleurs, leurs manques, et ensemble passaient de bons moments. Ils riaient, mais pleuraient aussi, souvent.

Lorsque la famille voulait partir à la pêche, ils louaient un endroit appelé « le Cellier », d'ailleurs situé – pour la petite histoire ! – à proximité du château où Louis de Funès vivait. Et Pompon était bien sûr de la partie. Le soir, il attendait le retour de maman après son apprentissage. Il descendait la chercher à la gare, et il attendait le train. Quel bon chien ! Parfois, un monsieur lui disait : « *non, elle va rentrer en vélo, elle a dû finir trop tard* ». Alors il remontait la rue avec les messieurs qui repartaient à Nantes après leur travail, et il se remettait devant le portail de la maison à attendre.

Mais un jour, la famille a dû déménager et ce pauvre Pompon n'a plus eu le droit de vivre dans le nouvel appartement de la famille (bien que pas toujours légales, les règles de vie en collectivité imposent parfois des discriminations à l'égard des animaux !). Alors, il est resté vivre chez les nouveaux propriétaires de l'ancienne maison. Enfin vivre, c'est un bien grand mot ! Il se cachait dans la cave et ne se nourrissait plus… Le samedi, quand même, il sortait de sa cachette, demandait à manger à la propriétaire et dévorait ce qu'on lui donnait !

Je pense que le pire qui puisse arriver durant l'enfance, et plus généralement pendant toute la vie, c'est de vivre sans une présence aimante à vos côtés. Comment se construire, se réaliser, garder confiance, si personne ne vous communique la bonté, ne vous fait connaître la chaleur affective ? On peut mourir de solitude et de manque d'amour.

D'ailleurs, un jour, ce pauvre Pompon est parti, il a rejoint notre paradis, celui des animaux. Maman avait quitté Nantes et ne pouvait définitivement plus aller le voir. Il s'est alors laissé mourir, de chagrin…
Plus de cinquante ans se sont écoulés et maman y pense toujours. Quelle belle fidélité à son passé ! Et que de tristesse dans celui-ci. Je la plains. Ainsi que ce pauvre Pompon…

Mais revenons au présent ! Ce matin, maman a reçu des nouvelles d'une amie qui a aussi un chat, enfin… une chatte. Elle a eu deux chatons récemment. Tous les quatre habitent près d'une forêt et des renards sont venus manger les poules. Aussi incroyable que cela paraisse, le renard a aussi emporté le père des deux chatons ! Vous vous rendez compte ?!

La maison est plus calme maintenant et je n'ai plus à défendre mon territoire. Pour montrer mon affection à ma maîtresse, je lui fais des bisous (oui, oui, j'ai bien changé !). Elle adore ça !

Tous les matins, elle donne à manger aux oiseaux. J'ai appris à les respecter et à les admirer. Leur ballet pour faire leur toilette dans le bassin des poissons est un enchantement. Tout le monde attend son tour pour se baigner à la cascade.

Au départ, ils se disputaient tous la place, mais un moineau plus ancien est arrivé et a ramené l'ordre grâce à son autorité. Depuis, tous les oiseaux attendent sagement, montrant en cela qu'ils sont plus disciplinés que les êtres humains.

À propos d'oiseaux, ma marraine a aussi raconté à maman une histoire merveilleuse qui s'est passée dans son jardin. Elle a un énorme cerisier et des mères de petits merles y sont allées pour cueillir des cerises qu'elles faisaient tomber par terre pour leurs petits. Ils ne pouvaient pas voler haut et c'était la seule façon de les aider à se nourrir. L'une de ces mamans merles a dû en avertir d'autres car de nombreux autres merles sont arrivés, accompagnés de leurs petits. Je trouve cette histoire très belle car elle montre tout l'amour et la dévotion dont les animaux sont aussi capables à l'égard de leurs petits !

Ah, ce téléphone ! Je dormais, paisiblement installé sur maman, ma tête sous la sienne, une de mes pattes posée sur sa joue, lorsqu'il a sonné – on ne peut jamais être tranquille ! De dépit, je m'apprêtais à aller faire ma sieste en bas, quand j'ai surpris un rouge-gorge sur le bord de la fenêtre de la chambre. Il s'est mis à chanter et je l'ai écouté, allongé sur le lit. Son chant était vraiment très beau… Du coup, je me suis promis de ne plus jamais toucher aux oiseaux. Plus jamais ! Et si je croise le chat roux qui se balade dans mon jardin et qu'il fait mine de s'en approcher, je lui saute dessus !

Tiens, je viens d'entendre aujourd'hui à la télévision que le chien est le meilleur ami de l'homme. Bon, dans le cas de Pompon, c'est vrai, mais et les chats alors ?! Quelle honte de nous oublier à ce point ! Je soigne ma maîtresse et la soutiens jour après jour, épreuve après épreuve. Ce n'est pas une preuve d'amour ça ? Et nombreux sont les chats qui agissent comme moi. De plus, contrairement aux chiens (enfin oui, je sais, je suis de très mauvaise foi, là !), nous agissons *de notre plein gré*, personne ne nous dit quoi faire ! Bon, mon caractère n'est pas toujours facile, vous commencez à le savoir, mais maman s'en accommode sans problème. Et, je le répète, nous les chats pouvons être très attachés à nos maîtres, tout comme les chiens.

D'ailleurs, maman a une amie dont le chat s'appelle Youpi. Cette amie a déménagé à plus de quatre cents kilomètres. Son chat a disparu peu de temps avant le déménagement. Quatre mois plus tard, Youpi a retrouvé sa maîtresse dans sa nouvelle maison. Youpi était très fatiguée mais vivante et heureuse de retrouver son nouveau foyer. C'est pas une preuve d'attachement, ça ?

Maman m'a également raconté l'histoire d'Oscar, un autre chat qui a disparu et est revenu chez lui après deux mois, dans un état lamentable. Oui, les chats sont fidèles… et les chiens n'ont qu'à bien se tenir !

Autre preuve de l'intelligence des animaux : avez-vous déjà admiré le travail acharné des fourmis ? Une fois, j'ai posé ma patte sur leur chemin pour leur obstruer le passage et elles ont contourné l'obstacle. Et elles sont capables de porter des charges qui pèsent jusqu'à soixante fois leur poids ! Elles sont à la fois intelligentes et courageuses.

Et les papillons ! Lorsqu'ils se posent sur une fleur puis déploient leurs ailes pour s'envoler, je trouve cela magnifique…

Jamais je ne pourrais faire de mal à ces petits animaux. Ils sont tous utiles à la nature et c'est une calamité que tous ces produits chimiques utilisés par les agriculteurs et les jardiniers. Même les coccinelles sont en danger. Elles sont pourtant bien utiles aux plantes et surtout aux roses qu'elles débarrassent des pucerons. Et même nous, les chats, qui mangeons l'herbe des jardins : nous pouvons être empoisonnés et mourir ! Certains en ont déjà fait l'expérience…

J'ai aussi entendu, dans un autre registre, qu'il existe une mystérieuse résonnance entre nos cerveaux et ceux de certains êtres humains. Je peux vous assurer que c'est vrai ! Ma maman et moi, on en est l'exemple parfait ! Nous sommes sur la même longueur d'ondes et cela démultiplie nos capacités de communication et d'expression ! Cela démultiplie tous nos potentiels !

C'est comme si, plus quelqu'un vous aimait et honorait en vous l'intelligence de la vie, plus cela vous faisait déployer vos ailes et vos capacités d'intelligence, dans tous les domaines ! On peut d'ailleurs le voir tous les jours autour de nous et constater combien les êtres s'influencent mutuellement, comment ils vivent tous en symbiose et combien – qu'on adhère ou pas à cette histoire de résonnance – l'environnement est déterminant pour épanouir un individu… ou au contraire lui nuire… Parce que oui, cette capacité de résonnance fonctionne dans les deux sens ! Alors soyons vigilants par rapport à ce que nous vibrons, ce que nous émettons !

Un exemple : une amie de maman lui racontait récemment qu'elle avait planté des choux et qu'elle avait ramassé près de cent escargots de couleur gris-vert. Un de ses choux avait complètement été dévoré par les escargots. J'ai alors réalisé que la couleur des escargots était changeante selon ce qu'ils mangeaient. Ça aussi c'est de la résonnance ! Ceux que nous retrouvons dans la boîte aux lettres de maman sont jaunes car ils mangent les journaux publicitaires. Je suis sûr que ma théorie est valable. L'environnement influence notre physiologie et donc nos comportements, nos attitudes et notre capacité à vivre ensemble. Qu'en pensez-vous ?

Selon moi, il n'y a d'ailleurs aucune différence entre les êtres humains et les animaux. Même si nous n'avons pas la parole, nous aussi avons un cœur, des sentiments et demandons du respect. Nous ne sommes pas des jouets. Nous apportons une compagnie indéniable, une chaleur capable de réconforter aussi bien les enfants que les adultes et les personnes âgées. Alors pourquoi ne pas le reconnaître ? Nous sommes vos égaux !

D'ailleurs, figurez-vous que maman m'a lu un article bien intéressant, sur le journal, ce matin. Le prêtre de la paroisse de Notre Dame de l'estuaire d'Honfleur, dans le Calvados, a décidé d'organiser une bénédiction… de chats ! Il était temps !

Chapitre 6

Autres histoires du quotidien

Le vétérinaire, c'est toujours la même histoire ! Je dois y aller tous les ans pour recevoir une piqûre. Le pauvre, lorsqu'il a terminé son travail, il a les mains en sang. Je le mords, je le griffe, je me débats, tant et si bien qu'il ne faut pas moins de trois personnes pour me tenir et me maîtriser.

Au début, quand j'étais plus jeune, je me cachais pour ne pas y aller, mais ma maîtresse me retrouvait systématiquement. Il faut dire que ma tête dépassait toujours de quelque part, que je me réfugie sous un tapis, sous un rideau, ou derrière un arbre !

Quand je lui rends visite, le vétérinaire en profite aussi pour me tondre car j'ai beaucoup de poils et ils sont très épais. Cela forme de la bourre sur mon pelage, vous savez, ces boules ou amas de poils pas très esthétiques… et qui me font mal parfois parce que ça tire sur ma peau fine et fragile !

Contraint et forcé, j'ai dû accepter mon triste sort et me résoudre durant de nombreuses années à cette « boule à zéro » effectuée à chaque nouvelle saison. Mais quelle humiliation pour un chat ! Bon, je pardonne à cet homme, car je sais qu'il agissait pour mon bien.

Les piqûres, les soins, sont nécessaires, même si le bien peut faire mal ! Et les vétérinaires sauvent beaucoup de vie. Il serait donc malvenu de me plaindre alors que certains de mes congénères auraient bien aimé, eux, être soignés par un vétérinaire, plutôt que laissés à l'abandon affectif et médical le plus total.

Cette année, j'échappe de peu à la visite chez le vétérinaire pour la tonte, car j'ai enfin accepté que ma maîtresse me brosse. Pas beaucoup, mais suffisamment pour ne pas avoir de boules de poils sur mon pelage.

Tout le monde a ses petites manies. Moi, je n'aime pas la pluie et je suis habitué à mon petit confort. D'ordinaire, je descends faire un tour au jardin après mon repos du matin, mais lorsqu'il pleut, je rentre bien vite et j'aime que ma maman m'essuie les pattes et le pelage. J'aime aussi m'installer dans la véranda pour profiter du soleil, même s'il y en a peu pendant l'hiver. Et si quelqu'un s'approprie mon canapé, je défends mon territoire pour le retrouver !

Le froid et l'humidité réveillent les douleurs de

ma maman. À chaque fois, j'apaise ses souffrances en m'allongeant sur elle, au niveau de son aine. J'ai pris aussi l'habitude de m'allonger sur elle pendant qu'elle fait sa sieste après manger. La tête juste sous son menton, j'ouvre un œil de temps en temps pour la regarder puis je me rendors, apaisé. Il faut dire que j'adore me prélasser !

Oh, il faut que je vous raconte ! Pendant plusieurs mois qui m'ont paru interminables, il y avait des travaux dans la rue. Ça a fait une de ces poussières…

Sans parler du bruit qui me vrillait les tympans. On construisait d'énormes logements, des sortes de cages à poules pour humains, où ceux-ci pourraient s'enfermer, se cacher et se sentir en sécurité…

Mais les constructeurs ont mal travaillé, et ils ont fait s'effondrer notre jardin. ! En fait, ils ont creusé de trop nombreux trous et ont oublié de les reboucher. Un chat du voisinage est même tombé dans une de ces fosses et les pompiers ont dû intervenir pour le délivrer. Je ne suis jamais autant allé au grenier que pendant cette période ! C'était mon seul refuge sécurisant face au bruit.

Au début des travaux, les humains ont délogé des renards qui se sont retrouvés contraints de se rapprocher des habitations pour survivre. Il y avait notamment une famille renard dont le père passait régulièrement devant notre maison pour aller chercher à manger. Un jour, il a disparu. J'espère que c'est parce que toute la famille a trouvé un nouveau foyer…

Eh oui, la vie et la mort se côtoient bien souvent… surtout lorsque l'on vit proche des humains ! Ça me rappelle d'ailleurs une histoire. Il y a quelque temps, un petit chat gris est venu se nourrir à la maison. J'ai eu du mal à l'accepter au début, puis je me suis habitué à lui. Maman lui donnait une assiette de nourriture chaque jour sur le trottoir, devant la maison. Les pies, elles, tentaient de le chasser pour lui voler sa nourriture ! Un jour pourtant, il a cessé de venir à la maison et j'ai compris qu'il était mort. Ecrasé par une voiture ? Attrapé par la fourrière ? Mort de maladie ou d'une blessure pas soignée ? Nous n'avons jamais su. Mais cela m'a fait beaucoup de peine.

C'est toujours le même problème, les humains ne cessent de construire et détruisent la nature qui se dresse sur leur passage. Du coup, les animaux sauvages ont de plus en plus de mal à survivre. Au début des travaux, il y a eu aussi de nombreux lapins qui se sont retrouvés sans terrier…

Pourtant, il y a un cycle établi dans la nature, un équilibre, qui veut que chaque espèce vivante mange et soit mangée à son tour. Ainsi, le nombre d'individus de chaque espèce est automatiquement régulé. On appelle cela la chaîne alimentaire. L'homme, par ses actions irréfléchies, bouleverse cette chaîne et crée des déséquilibres.

Mais pour revenir à des considérations plus joyeuses, une bonne nouvelle ! Ce matin, en plus de mon sachet de nourriture, j'ai eu droit à un poisson cuit à point (maman sait que je ne l'aime pas trop cuit). Bon, je sais, ce n'est pas un scoop vu que maman m'en donne quasiment tous les jours. Mais quelle maman ! Et quelle vie de rêve je vis ! Je ne m'en lasse pas de m'en délecter et de vous le raconter !

Il faut dire que je suis un grand gourmand, gourmet même ! Je suis capable de reconnaître à l'odeur le plat que me prépare maman. Je reste tout près d'elle car je sais qu'elle cuisine souvent pour moi et qu'elle me donnera ma part parfois avant l'heure ! J'ai aussi des goûts bien affirmés. Le blanc de poulet, par exemple, je l'aime bien cuit mais pas trop sec.

Lorsque je m'ennuie trop et même si je sais qu'elle

est occupée à une tâche importante pour elle, je vais me frotter aux jambes de maman jusqu'à ce qu'elle cède et aille me cuisiner du poisson pour se faire pardonner son manque d'attention. Il faut savoir y faire avec les femmes, elles n'écoutent qu'avec leur cœur, et pour le toucher, il suffit de s'y prendre avec douceur. Autrefois, je pleurais pour attirer son attention, mais rien ne marche mieux que quand je suis doux et câlin !

Au quotidien, je dors de plus en plus fréquemment dans le grenier, au-dessus du garage. J'y suis tranquille et même si ma maîtresse m'appelle, je m'octroie le droit d'y rester autant de temps qu'il me plaît. Le grenier, c'est mon fief. J'y suis bien, j'entends les oiseaux gazouiller…

Mais de temps à autre, je reviens voir maman pour lui montrer que je ne l'abandonne pas. Cette nuit, par exemple, je l'ai passée avec elle. Je me suis blotti contre son flanc et elle a doucement refermé son bras autour de moi, comme pour me protéger. Alors j'ai posé mon museau contre son nez et nous

nous sommes endormis. Je ne la mords plus du tout à présent ; cette période est définitivement terminée. Je prends soin d'elle car je veux qu'elle soit heureuse. Parfois, je me sens beaucoup plus humain et sensible que bon nombre de personnes…

J'écoute toujours beaucoup ce qui se dit autour de moi. La dernière fois qu'elle était au téléphone, ma maman racontait qu'elle a passé le permis bateau, il y a plusieurs années, pour aller pêcher avec son frère, « *au-delà des 5000 comme ils disent* ». Mais je vous avoue que je n'ai pas compris ce que cela veut dire…

Le permis, elle l'a passé à Paris, sur un gros bateau. Il y avait des calculs très savants à réaliser, qui ne sont plus demandés de nos jours. Il fallait, par exemple, définir le temps que le bateau mettrait pour aller d'un point A à un point B, en tenant compte des courants marins et du vent. Son calcul était juste, elle a obtenu le permis et le commandant lui a annoncé qu'elle avait réussi. Comme elle est du genre spontanée, elle s'est jetée à son cou en le remerciant et en l'embrassant sur les deux joues. Le commandant était tout étonné et lui a fait comprendre qu'il n'y était pour rien et qu'elle avait vraiment mérité d'obtenir son permis : « *Vous êtes douée en maths* », lui a-t-il assuré.

À l'époque, le permis bateau était délivré par des pêcheurs qui faisaient passer le permis gratuitement, après leurs heures de travail. Mais je m'égare… Quand je vous dis que je suis le Roi, c'est aussi le Roi de la digression !

J'adore m'installer sur une chaise à l'étage pour regarder ce qui se passe au dehors. Je suis très curieux et pose une patte sur le carreau. Maman est dans sa chambre, elle regarde la télé et je ne tarde pas à la rejoindre pour faire une sieste avec elle. Je me sens rassuré et heureux car nous sommes bien et ce n'est pas prêt de changer !

Il faut dire que j'étais un peu inquiet ces derniers temps. J'avais entendu à la télévision que presque quarante chats avaient disparu dans la région. Je me demande s'ils ont été kidnappés pour leur fourrure ou pour en faire du pâté. J'espère que je n'aurai jamais à en manger, quelle horreur ! Heureusement que je me cantonne au jardin, là au moins, je suis en sécurité.

Oh, évoquer cette triste affaire de nourriture me fait songer à quelque chose. Autrefois, on donnait du lait aux chats. C'était du bon lait, sans produits chimiques. Aujourd'hui, beaucoup de chats deviennent malades à cause du lait qu'on leur donne. Moi, je n'en bois pas, l'odeur suffit à m'en dégoûter. Les vétérinaires ont ainsi beaucoup de travail avec ces chats qui n'ont pas ma chance, et qui en plus, n'ont pas droit à du bon poisson, comme moi.

Pfff, il faut aussi que je vous dise !… Figurez-vous que je suis de plus en plus dérangé par les avions. Ils passent toutes les deux minutes au-dessus de nos têtes. Certains volent très bas et le son qu'ils produisent est assourdissant. En théorie, ils ne devraient pas nous déranger tant que ça, mais il paraît que le vent les fait changer de couloir. Je ne vois pourtant aucun couloir dans le ciel. Enfin…C'est très déplaisant, surtout lorsque je regarde la télévision !

J'aime tant regarder, avec ma maîtresse, les reportages sur les animaux qui vivent dans les grandes forêts tropicales ! Je suis toujours ému de voir comme les mamans s'occupent bien de leurs enfants, comme

elles sont attentionnées et prévenantes à leur égard…
Et je me dis souvent que certains humains auraient des
leçons à prendre ! D'où vient, chez eux, la perte de
cet instinct maternel que tous les animaux partagent ?
On critique souvent les personnes qui font des bêtises.
Mais si ces personnes n'ont pas reçu d'amour pendant
leur enfance, je comprends qu'elles en fassent.

Je change complètement de sujet, mais à propos
des avions : pouvez-vous me dire où sont passés les
papillons, les coccinelles et les mouches ? Les abeilles
et les escargots ont disparu eux aussi. Il ne reste
que les petits escargots jaunes installés dans la boîte
aux lettres… et les nuisibles ! Le jardin est envahi
de pucerons. Les feuilles des arbres en sont pleines.
Tout à l'heure, j'accusais les pesticides. Mais je pense
aussi que ce sont les avions qui passent au-dessus de
nos têtes, qui sont responsables de la disparition des
insectes. Ils nous réveillent la nuit tellement ils sont
bruyants. Après leur passage, les toits sont brillants.
Ça forme de grosses gouttes. Maman a regardé une
fois, et ça ressemblait à de l'huile.

Heureusement, nos petits poissons se portent bien. De nombreux bébés viennent encore de naître. C'est grâce aux soins de maman, elle les nourrit bien. Le technicien venu pour changer le filtre de l'aquarium a affirmé que c'était aussi grâce à l'eau. C'est le petit secret de maman : elle met de l'eau de source dans l'aquarium et les poissons se portent beaucoup mieux.

Chapitre 7

Titi philosophe

Ma mère adoptive est passionnée par tout ce qui touche à l'Égypte, et grâce à elle, j'ai appris de nombreuses choses que j'ignorais sur ma propre culture. À l'époque de l'Égypte antique, les chats étaient considérés comme des divinités à part entière et pouvaient même accéder à la momification, comme les humains. Ah, voilà une époque où l'on savait reconnaître notre valeur, pour ne pas dire notre supériorité ! Je ne résiste d'ailleurs pas à la tentation de vous lire une citation – celle d'un anonyme, mais qui avait déjà, en ces temps lointains, tout compris de notre nature :

« Autrefois, les chats étaient vénérés comme des Dieux. Ils ne l'ont jamais oublié. »

Oui, dans le temps, nous étions respectés, voire vénérés. On taillait des statues à notre effigie. Longtemps, nous avons été considérés par les humains comme des êtres sacrés, des protecteurs, des porte-bonheur même. Nous étions élevés dans l'abondance, l'amour et un profond respect. Mais bien plus tard, ces mêmes humains ont vu en nous des créatures potentiellement sataniques. Notre couleur noire ou rousse a alors été supposée porter malheur. Elle est devenue un signe distinctif qui pouvait nous coûter la vie ! Vous vous rendez compte ! Quelle odieuse superstition ! Je n'ai pas moyen de vérifier la véracité de ce que j'ai lu, mais il semblerait qu'au Moyen Âge, nous étions considérés comme des créatures maléfiques, et donc condamnés au bûcher, au même titre que les sorcières ! Ceux qui nous recueillaient et nous offraient couvert et logis étaient également passibles de la peine de mort !

En ce qui me concerne, mon pelage contient du

blanc et du reste, j'ai la certitude que je porte bonheur, je n'ai aucun doute à ce sujet.

Mais ces évolutions en disent long sur la bêtise des humains. C'est incroyable ! Il aura fallu attendre le Siècle des Lumières pour que les perceptions évoluent de nouveau et tendent à s'inverser !

Je ne veux pas jouer à l'expert ou au philosophe, mais ne trouvez-vous pas que l'histoire (celle avec un grand H, pas la mienne !) est riche d'enseignements, et qu'il suffirait d'en méditer les multiples expériences, les multiples leçons, pour agir au mieux ? Tout a déjà été vécu, tout nous a déjà été montré ! Ne suffirait-il pas alors de regarder objectivement ce passé, ou même de nous pencher sur ce qui nous entoure, pour constater que les situations qui conduisent à des actes barbares relèvent souvent de croyances erronées, de défauts de perception, d'erreurs de jugement sur lesquels il suffit juste de mettre de la conscience pour en mesurer la stupidité… au lieu de chercher à les défendre ou les combattre ? Oser se regarder en face, apprendre à moins affirmer et à questionner davantage, est ce que l'homme pourrait faire de mieux ! Quel merveilleux cadeau, en ce sens, que les leçons de l'histoire !

Cela me fait penser à la notion de « différence » et à la façon dont vous, les humains, vous réagissez face à d'autres humains qui n'ont pas la même couleur de peau.

Chez nous, race féline, la différence de couleur n'est absolument pas un problème. Bien au contraire, la diversité des pelages est une richesse, et nous sommes tout aussi fiers d'être noirs, blancs, roux, aux poils longs, courts, ou angora. Si nous nous attaquons parfois les uns aux autres, c'est uniquement pour des questions de rivalité ou de défense d'un territoire ; et il y a toujours un fait, un acte, à l'origine de nos querelles et batailles. Mais chez vous, que de préjugés et de méchanceté sans raison ! L'apparence physique suffit à vous diviser !

Tenez, pour rebondir sur cette question d'apparence, un autre élément me frappe. On nous représente aujourd'hui sur toutes sortes de supports, allant de la carte postale à la boîte de rangement, en passant par les cartes à jouer. Le chat est devenu un vrai produit commercial… Sans compter tous les salons et concours qui existent et prolifèrent : on nous expose, on nous manipule et on nous instrumentalise. Tout ça pour obtenir (parfois !) une coupe et de l'argent. Quelle misère !

Ma maman n'a jamais souhaité cela pour moi et m'en a donc dispensé malgré ma grande beauté. Et je lui en suis très reconnaissant. Par contre, j'ai été outré par ce reportage que j'ai vu à la télévision, qui traitait des expositions félines. Une dame montrait comment elle s'occupait de son chat, c'était effrayant ! Elle l'aspergeait d'eau pour le laver à l'aide d'un shampoing, lui tirait la queue pour l'essorer et pour qu'elle soit bien droite. C'est important pour le concours, affirmait-elle. Elle lui passait ensuite un autre produit pour que ses poils soient brillants. Elle l'enfermait dans une caisse pour le mettre dans la voiture et l'emmenait à des kilomètres de chez eux pour le faire concourir. Une fois arrivé, le pauvre chat était déplacé dans une autre caisse portant un numéro, puis attrapé et remué dans tous les sens par les membres du jury. Et il n'était pas le seul à subir tout ça, ils étaient des centaines. Comment peut-on faire subir cette torture à un être que l'on aime ? Je me suis réjoui quand un des chats a griffé et mordu un des membres du jury.

Dans la même émission, une autre personne attrapait un chaton à peine sorti du ventre de sa mère pour l'essuyer avec un torchon. La mère regardait son petit avec beaucoup de tristesse. Certaines personnes n'ont vraiment aucun respect pour notre race. Elles sont prêtes à tout pour obtenir une coupe et de l'argent. C'est de la prostitution. Ces pauvres bêtes n'existent que pour satisfaire la fierté et l'égo de leur dresseur, ou ne sont là que pour une chose : se reproduire. Les femelles sont poussées à de multiples portées et donnent des petits chats qui seront vendus très chers et subiront le même sort que leurs parents. Je me demande qui est le plus animal des deux.

Et vous vous rendez compte qu'il existe également ce même genre de concours de beauté pour les fillettes ! Mais leur place est dans les cours de récréation et dans les maisons, à s'occuper de nous, pas sur un podium à parader ! Comme si la beauté, d'ailleurs, était une qualité à étaler ! Certes, c'est un don du Ciel fort appréciable (car hum hum, on le sait bien, beaucoup en sont fort dépourvus !), mais elle n'est sous-tendue ou déterminée par aucun acte de bravoure ou de « valeur » en tant que tel ! Et la beauté des formes ne fait pas la bonté de la personne ! Alors, pourquoi s'en glorifier ?

Je ne voudrais pas que vous me preniez pour un chat pédant, imbu de sa personne, mais toutes ces remarques m'amènent à penser que je devrais peut-être proposer mes services à un magazine, ou à une radio. Qu'en pensez-vous ? Je pourrais, pour appuyer ma candidature, leur rappeler cette citation du philosophe Hippolyte Adolphe Taine :

« J'ai beaucoup étudié les philosophes et les chats. La sagesse des chats est infiniment supérieure ».

Non, finalement, à tout bien y réfléchir, je préfère rester ici, à la maison, avec ma maîtresse, plutôt que d'acquérir la célébrité et d'être obligé de constamment répondre à des questions, d'avoir un avis intelligent sur tout, même quand je suis ignorant du sujet. J'ai tellement de chance d'avoir trouvé une demeure si accueillante, une maman si chaleureuse, si aimante… Autant continuer à en profiter sereinement !

Je songe d'ailleurs souvent aux autres chats qui n'ont pas de foyer et personne pour les caresser. Que font-ils lorsque l'hiver est trop dur ? Où se réfugient-ils ? Ils doivent mourir de froid malgré leur fourrure. Cela me fait aussi penser aux humains qui n'ont plus de logement. Ils sont contraints de coucher dehors, dans le froid. Ils dorment parfois dans des voitures avec leurs enfants. Ils n'ont pas toujours à manger car ils ont perdu leur travail et ont été contraints de quitter leur domicile. Lorsque j'y pense, j'ai un peu honte d'être aussi heureux et de jouer parfois les pachas !

Lorsque je suis au calme pendant l'hiver, je repense encore plus à tous les êtres, humains comme animaux, qui se retrouvent dans la nature sans abri. Être un chat ne m'empêche pas d'être empathique et de ressentir la peine qu'ils ont. Il existe des associations qui s'occupent de nourrir et d'aider les personnes qui sont dans le besoin pendant les périodes de grand froid. Mais certains ont honte d'y aller. Et puis, cela ne résout pas leurs problèmes sur le long terme… Mais que peut-on faire d'autre ?

Alors, je me rassure en me disant que nous, les chats, pouvons aider, à notre portée, les personnes âgées ou celles qui sont malades. Notre chaleur, notre douceur et le ronronnement bienfaisant que nous produisons les calment et les aident à vivre au quotidien.

J'ai aussi appris que beaucoup de personnes abandonnent leur animal de compagnie pendant les vacances scolaires. Je trouve ça inhumain. Toute l'année, les enfants se sont amusés avec leur petit chat ou leur petit chien, et parce que les parents ne veulent tout simplement pas s'embêter à trouver un chenil ou des amis pour s'en occuper, ils laissent un petit être sans défense sur le bord de la route.

Nous ne sommes pas des jouets mais des êtres vivants, nom d'un chien ! Heu, pardon, nom d'un chat !

En plus, je sais que nombre de solutions existent, aujourd'hui, pour dépanner les maîtres désireux de partir en vacances tranquilles. Il existe même des hôtels pour les animaux ! Le grand luxe ! Pour ma part, je suis rassuré car maman ne s'absente jamais pour partir loin, et même lorsqu'elle va faire une simple course, elle me prévient et m'explique où elle va. C'est appréciable !

Maman pense que c'est la société actuelle qui a évolué (dans le mauvais sens). On est devenus égoïstes et personnels, indifférents aux autres, sans forcément s'en rendre compte, d'ailleurs. Autrefois, les gens n'étaient pas comme ça. Même s'ils n'étaient pas riches, ils s'entraidaient. De nos jours, des gens meurent et personne ne s'en préoccupe. Je voudrais bien savoir pourquoi les gens sont devenus comme ça, si indifférents aux sort des autres.

On dit que l'esclavage a été aboli mais maman prétend qu'il n'en est rien. Il y a des gens qui se suicident car ils subissent une trop grande pression au travail. Leur supérieur hiérarchique leur crie dessus, ils sont malmenés et doivent toujours être plus rentables, plus efficaces. Tout ça pour un salaire insuffisant qui ne leur permet pas de vivre correctement. Sans parler de tous les otages, retenus prisonniers à travers le monde. Je suis gêné, en sachant cela, d'avoir une vie si confortable. Et en même temps, cela me fait mesurer toute ma chance !

Car non, culpabiliser d'être heureux n'est pas utile ni même approprié ! Restons positifs, ouverts aux belles choses ! Le monde en est rempli, la plupart à notre portée. Tenez, par exemple, vieillir ne m'empêche pas de contempler la nature, et de continuer à m'en émerveiller, bien au contraire. Plus je prends de l'âge et plus je la trouve belle. Elle nous enseigne la sagesse de la vie.

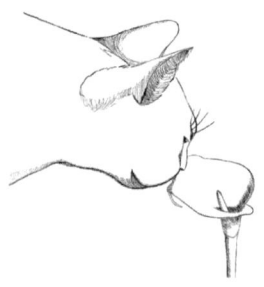

Dame nature, quelle puissance ! Elle contient en son sein tout l'univers, les vents, les marées, les astres, les plantes, et nous, les êtres vivants… De façon toute simple, et avec beaucoup d'émotion, j'admire les papillons qui viennent se poser sur les fleurs (mais aujourd'hui, on en voit de moins en moins, quel dommage !), les abeilles qui butinent et les coccinelles qui se nourrissent des pucerons présents sur les roses. Je trouve toute cette vie, cette faune et cette flore, magnifiques !

Les années passent mais j'aime toujours autant me promener dans l'herbe haute ! Ma maman retarde même le moment de passer la tondeuse pour que je puisse en profiter le plus longtemps possible, et j'apprécie sa délicate attention.

À une époque, il y avait des vers luisants dans le jardin. Ma maîtresse et moi, nous nous asseyions sur les marches devant la maison pour les admirer. On regardait ces petites tâches vertes bouger dans la nuit. C'était très beau.

Allez, une dernière pensée philosophique pour aujourd'hui ! Vous allez peut-être y voir de la méchanceté et non de la sagesse, mais justement, il est important que je vous enseigne ma façon de voir les choses, car nul doute que vous allez y adhérer !

Comme maman est trop gentille et accorde son aide à des personnes qui se servent et se moquent d'elle, je mords régulièrement certains de ses clients quand ils viennent à la maison pour se faire soigner. Ils sont généralement jeunes et ne connaissent pas les épreuves qui ont été les siennes au long de ces années. Or, il me semble tout aussi important de punir l'inconscience que de récompenser la gentillesse. Vous n'êtes pas d'accord ? Bon, réflexion faite, j'exagère peut-être un peu sur ce point !

Je pensais en avoir terminé avec mes pensées philosophiques, mais une anecdote me revient à l'esprit, qu'il me faut absolument vous conter ! On dit souvent que les chats sont des voleurs, mais que dire des êtres humains ? J'ai entendu à ce sujet une bien triste histoire, récemment.

Une dame âgée voulait vendre son piano et l'avait fait savoir à son entourage. Une petite fille est passée plusieurs fois en pleurant devant sa maison. Attendrie, la dame est sortie pour lui demander ce qui la rendait triste. La petite fille a expliqué qu'elle voulait apprendre le solfège et faire du piano, mais que son père n'avait pas d'argent. Il avait, selon elle, du mal à payer la maison, et n'allait certes pas pouvoir accéder à son rêve. La dame, émue, lui a alors proposé de lui offrir son instrument de musique. Les parents ont accepté le cadeau et la dame s'est même occupée de régler le transport du piano jusque chez la petite fille, qui habitait seulement à quelques mètres de chez elle.

Deux jours après, le frère de la fillette est venu voir la dame âgée et s'est ouvertement moqué d'elle : « *On vous a bien eue, c'est pour mon père et moi, le piano !* ».

Quelque temps après, la petite fille a confirmé le mensonge fait à la vieille dame : elle avait pleuré exprès pour l'attendrir et pour permettre à son père et son frère d'obtenir un piano gratuitement. N'est-ce pas du vol ?!

Quelques mois plus tard, une odeur très forte et

désagréable attira cette même vieille dame hors de chez elle. Un homme était dans son jardin. Il aspergeait son mur d'un produit. La femme ne le laissa pas faire et le menaça d'appeler la police. Il lui avoua alors que c'était le voisin qui lui avait suggéré cet acte sur le mur mitoyen pour qu'elle règle la facture, et par là même, la part que lui n'avait pas entièrement payée. « *Comme elle est âgée, elle se laissera bien faire* », lui avait-il dit.

Moi, Titi, je trouve que c'est du vol d'abuser les personnes en situation de faiblesse, comme les personnes âgées ! Quel triste comportement ! Les animaux, quant à eux, sont battus s'ils prennent ce qui ne leur appartient pas, un steak par exemple.

À l'inverse, maman constatait l'autre jour en regardant la télévision, qu'on en arrive même à vanter les astuces pour mieux voler ! Ça s'appelle le « système D ». Et il paraît que les Français sont champions en la matière ! On érige d'ailleurs souvent ce comportement comme une preuve d'intelligence, la preuve qu'on est plus malin que les autres. Comment s'étonner alors, si même le vol est considéré comme normal, que les gens n'aient plus aucun scrupule à exploiter leurs semblables ? Et pourquoi nous punir autant, nous, les animaux, lorsque nous prenons quelque chose pour le manger, sachant que si nous osons agir ainsi, c'est uniquement parce que nous sommes affamés ! Il n'y a jamais de malice dans nos comportements !

Une dernière réflexion… et cette fois-ci, c'est vraiment la dernière !

Est-il moral de mentir ou faut-il toujours s'en abstenir ? Maman déteste mentir, elle dit que c'est aussi mal que de voler.

Lorsqu'elle est au téléphone avec des gens qui sont gravement malades et qu'elle sent qu'ils vont bientôt mourir, elle détourne la conversation du sujet de leur santé, pour ne pas les effrayer. C'est au médecin d'annoncer les mauvaises nouvelles et d'apprendre au patient que ce dont il souffre est grave, pas à elle. Mais elle ne leur ment pas non plus.

Moi, je ne sais pas qu'en penser, mais je suppose que si on abuse si souvent de la gentillesse de maman, c'est bien parce qu'elle refuse de voir les gens tels qu'ils sont. D'une certaine manière, elle est trop naïve et, aussi bizarre que cela puisse paraître, trop gentille.

Chapitre 8

Digressions sur le passé de ma maîtresse

Pour vous dire la vérité, c'est surtout grâce au téléphone et aux conversations entendues que j'ai appris plein de choses sur ma maîtresse. Elle est aujourd'hui âgée, mais elle ne l'a pas toujours été évidemment, et s'il y a une chose qui ne changera jamais, c'est qu'elle est, a été et restera pour la vie une maman au cœur d'or, me câlinant et me cajolant, heureuse à mes côtés !

Pour ne pas me faire trop de peine, elle ne me raconte pas tout. Mais comme je suis un chat très attentif et très curieux, j'ai appris certaines choses avec le temps !

Je vous ai déjà raconté quelques histoires sur son enfance ou son parcours, mais je pourrais vous livrer bien d'autres informations sur elle, et parmi les plus tristes, croyez-moi ! Car le sort ne l'a pas épargnée elle non plus…

Ainsi, notamment, je sais qu'elle a perdu un frère qui n'avait que trente-six ans. Elle a d'ailleurs écrit un très beau livre dans lequel elle parle de lui, et de ce qu'il lui est arrivé. Le livre s'appelle « *Le leurre d'une vie* » et son titre est déjà à lui seul révélateur d'un lourd passé. Vous devriez le lire vous aussi, il vous émouvrait beaucoup, j'en suis sûr. Elle y dévoile la douleur des souvenirs et l'impact d'une enfance meurtrie sur la vie des individus.

En effet, ma maîtresse, lorsqu'elle était petite, souffrait de l'inattention de sa maman qui n'avait pas le temps de s'occuper d'elle. Elle a d'ailleurs écrit un livre juste après son décès. C'est peut-être aussi parce qu'elle n'a pas été heureuse dans son enfance qu'elle est si protectrice et si aimante avec moi : elle compense ainsi ses déceptions en me donnant beaucoup d'amour.

L'autre jour, maman m'a raconté qu'elle avait commencé à pêcher avant ses trois ans, armée d'une gaule et d'un hameçon. Une corde attachée à un arbre et enlacée autour de son ventre lui permettait de pêcher sans risque, car s'il lui était arrivé de tomber dans la Loire, on aurait pu tirer sur la corde pour la ramener sur la berge. Que de complications pour avoir le loisir de pêcher quelques malheureux poissons !

Remarquez, moi aussi, si je n'avais pas peur de l'eau, je mettrais bien une patte dans le bassin du jardin pour récupérer les poissons qui y nagent… Au lieu de cela, je les admire… Enfin, je dis ça, mais depuis quelque temps, je n'en ai plus vraiment la chance car ils se cachent : il semblerait qu'un certain petit rouquin rôde autour d'eux et leur fasse peur… Le matin, je n'arrive même plus à les apercevoir car ils sont encore tous effrayés des approches nocturnes de leur prédateur. J'ai de la peine pour eux et me demande sans cesse s'ils sont encore vivants ? Et pour combien de temps ? Je ne veux pas non plus m'attaquer à ceux de l'aquarium car ils sont bien trop petits et bougent sans cesse. Je pense aussi à ceux que ma maman, toute petite, n'a jamais réussi à attraper : ils ont dû avoir beaucoup de descendants depuis !

J'ai appris par ma maman qu'il n'y avait pas de voiture, autrefois. Tout le monde se déplaçait dans des sortes de boîtes, conduites par des chevaux. Maman me dit que les boîtes s'appelaient des fiacres.

Quel travail pour les pauvres chevaux ! Ils n'avaient pas de litière, et comme à l'époque on ne gaspillait rien, des dames venaient ramasser leur crottin pour s'en servir d'engrais. Elles le disposaient sur la terre de leurs pots de fleurs et cela rendait leurs plantes très belles.

Quand je pense à tout ce que ma maîtresse a connu, tout ce qui est aujourd'hui passé et ne reviendra pas ! Aujourd'hui, ce sont les nouvelles technologies qui envahissent toutes les sphères de la vie sociale et familiale !

Maman apprécie beaucoup sa ville, qu'on appelle la Venise verte, et qu'elle connaît depuis sa plus tendre enfance. Elle ne peut s'empêcher, par conséquent, d'avoir de la peine lorsqu'elle apprend certaines initiatives prises par la mairie, sans concertation des habitants. Elle regrette notamment que de belles chapelles aient été détruites. En soixante-dix ans, la ville a tellement changé…

Petite fille, maman aimait beaucoup l'odeur qui régnait sur le port. Les Romains, en leur temps, avaient aussi construit des remparts pour clôturer la ville. Des fouilles ont été organisées un jour, à l'occasion de je ne sais plus quel chantier de rénovation ou de construction, et l'on a pu retrouver les vestiges de la maison d'un ancien bourreau, ainsi qu'un vieil escalier qui avait incroyablement résisté à l'usure du temps. C'est émouvant, non ?

Savez-vous que durant la Seconde Guerre mondiale, ma maîtresse et sa maman se sont réfugiées dans un village ? Quelle aventure ! Il se nommait Pannecé. Maman était très jeune à l'époque.
Le 6 juin 1945, les Américains, sur la route de la Libération, sont passés non loin de la maison où elles étaient cachées. Maman est alors montée sur une chaise afin de les apercevoir par une lucarne, et en

redescendant, elle est tombée et a cassé la chaise ! Sa maman, pour la punir, a refusé de l'emmener voir les Américains qui distribuaient des chocolats et des bonbons aux enfants. Sa mère y est donc allée seule et ne lui a rien rapporté ! Elle a toujours été très dure. Pourtant, je trouve que ma maîtresse était bien gentille car, d'après ce que j'ai compris, elle ne lui a jamais causé de tracas. Moi, à sa place, je l'aurais mordu bien fort !

Animaux comme êtres humains, nous avons besoin d'amour pour être équilibrés et vivre normalement. Maman a connu deux petits enfants dont les parents ne s'occupaient pas, lorsqu'elle vivait à Chartres. Leur mère avait des aventures et ne rentrait que tard à la maison, tandis que leur père avait un cheval à quarante kilomètres de Chartres, qu'il allait voir tous les soirs après le travail.

Maman aidait les deux enfants à rentrer chez eux après l'école, car ils n'arrivaient pas à ouvrir la porte de leur appartement dont les serrures étaient très dures. Un soir, la petite fille s'est mise à sangloter. Maman lui a demandé ce qui n'allait pas. La petite a répondu qu'elle voulait un chat pour pouvoir le serrer très fort contre elle. Il serait chaud et lui donnerait chaud.

La petite fille n'a pas eu de chat. Elle a grandi dans l'indifférence de ses parents. Maman l'a aidée comme elle a pu, mais il est très difficile de compenser un manque d'amour. La dernière fois que maman l'a vue, la petite fille était adulte. Enfin, façon de parler : elle venait tout juste d'avoir vingt ans et allait être enfermée dans un hôpital psychiatrique. Son pauvre cerveau était tombé malade pour toujours, parce qu'elle n'avait pas eu la chance de recevoir l'affection bienfaisante d'un animal de compagnie, à défaut de celle de ses parents. Par la suite, ces derniers se sont rendu compte de leur erreur, mais il était trop tard… Ah, de tous temps les humains ont fait preuve de mauvais comportements !

Ce n'est pas comme ma maîtresse ! Grâce à son magnétisme très puissant, maman a retrouvé pour la police, un nombre incroyable de personnes, vivantes ou mortes. Et elle a aidé à soigner beaucoup de malades en difficulté, en travaillant conjointement avec de grands médecins. Elle n'en tire pourtant aucune fierté. Les gens jugent très vite et cataloguent maman de vieille sorcière, vous vous rendez-compte ! Comment est-ce possible, autant de mauvaise foi ?!

Les jeunes se moquent beaucoup des personnes âgées, et pas seulement de ma maman. Ils ne les respectent plus ni ne les aident, comme autrefois. Ma maîtresse m'a raconté combien, durant son enfance, son adolescence et toute sa vie de femme, elle était venue au secours de nombreuses personnes. Et combien la vie de sa mère avait elle aussi été difficile. Les gens travaillaient très dur à cette époque, et commençaient leur apprentissage à un jeune âge. Les conditions de travail étaient éprouvantes et il n'y avait nulle pitié pour les malades : ma maîtresse a dû continuer à prendre son vélo pour effectuer son labeur alors qu'elle avait une pneumonie.

Malgré tout, on respectait la vieillesse, et on prenait le temps de s'assurer que les personnes âgées disposaient d'un minimum. Aujourd'hui, les jeunes ne semblent pas savoir ce que c'est que d'avoir travaillé dur toute sa vie. Et à l'époque, il n'y avait pas autant de congés que maintenant. Vous imaginez, des maîtres toujours absents tant les tâches à effectuer sont nombreuses et les journées libres inexistantes !

Chapitre 9

Une vie de matou bien agréable !

Maintenant que j'ai vieilli, je réclame des bisous et de l'attention, mais j'aime bien ma tranquillité également, tout comme les humains. Quand je suis malade, ma maman me soigne et si j'ai mal au ventre, je le lui dis et elle me masse. Quelle sensation de bonheur ! J'ai toujours une pensée pour les enfants qui n'ont pas ma chance.

Je vieillis tranquillement, m'épanouissant dans une routine bien réglée. Notre vie est très bien « réglée », ça oui, on peut le dire ! Je réveille ma maîtresse avec un petit coup de patte tous les matins à 7h30. Elle s'étire, bâille et s'aperçoit de ma présence lorsque je lui donne un second petit coup de patte. C'est que j'ai une faim de loup, moi !

Le petit déjeuner est servi au rez-de-chaussée, alors il nous faut descendre les escaliers. Je m'assois sur la première marche, maman descend jusqu'à la troisième, se penche en avant et hop, me donne un baiser sur la tête. Puis je descends les escaliers et elle me poursuit de ses recommandations :

– Va doucement mon chéri, attention à tes pattes !

J'ai seize ans mais je ne suis pas sénile pour autant ! Tant d'attentions m'irritent parfois, mais quand je pense à notre complicité et à la chance qui est la mienne, je me corrige immédiatement.

Après le petit déjeuner, je fais le tour du jardin. J'accompagne ma maîtresse qui va donner à manger aux poissons. Je mange moi-même un peu avant de m'octroyer une petite sieste. Vers midi, je fais de nouveau le tour du jardin pour vérifier qu'aucun intrus ne s'est introduit sur mon territoire. Je reprends une petite collation avant de m'endormir pour de bon, roulé en boule sur mon coussin favori.

Et tous les jours, je me rappelle que la vie peut être belle.

Nous vieillissons ensemble,
Souvent l'un contre l'autre,
C'est l'amour il me semble,
Non, je ne veux rien d'autre.

Je n'étais qu'un chat perdu,
Elle, une enfance détruite,
Oh ! L'amour nous était dû,
Notre vie, nous l'avons reconstruite.

Oui, je suis un chat heureux,
J'aime poser ma tête sur elle,
Moi, autrefois si peureux,
Je trouve ma vie irréelle.

Tant de fois je l'ai mordue,
Tant de fois je l'ai griffée,
Oui, mon amour lui est dû,
Voyons, n'est-elle pas ma fée ?

Depuis quelque temps, un chat ridicule vient me narguer du haut de sa jeunesse. Je résiste à l'envie de le remettre à sa place et de lui montrer que les anciens ont encore de beaux jours devant eux. J'étais d'ailleurs très fort dans ma jeunesse, et je suis encore capable de bien des choses à mon âge. Pour l'anecdote, il m'a pris un jour, peu après mon arrivée chez ma nouvelle maîtresse, d'escalader le mur du jardin qui mesure presque cinq mètres !

Mes griffes très puissantes, coupantes comme des lames de rasoir, m'avaient alors permis de me hisser sans dommage ni effort tout en haut de cet obstacle. À présent, je suis uniquement capable de monter sur… une chaise. C'est la vieillesse, paraît-il. Moi, je pense simplement que c'est le manque d'entraînement… Les humains, eux aussi, réalisent de moins en moins de choses en avançant en âge, mais ils essaient tant bien que mal de le cacher ! On n'est pas si éloignés finalement.

Lorsque nous faisons la sieste l'après-midi, je m'allonge près de ma maîtresse et lui caresse la main avec le bout de ma queue, pour lui témoigner ma reconnaissance d'avoir une vie si paisible. Elle est contente car personne d'autre que moi ne s'occupe d'elle.

Il m'arrive encore de rentrer d'expédition avec des touffes de poil en moins. Maman en profite toujours pour me brosser, malgré mon aversion pour ça. J'essaie de me contrôler en pensant à la tonte que cela m'évite car j'ai toujours une fourrure très belle et très épaisse. Je frémis de savoir que dans certains pays, je serais vendu pour elle.

Ce que j'aime le plus lorsque je sors, c'est me rouler dans l'herbe du jardin. C'est ma façon à moi de marquer mon territoire et de signifier aux éventuels intrus qu'ils sont sur mes terres et ne sont pas les bienvenus. Eh oui, je tiens à garder mes privilèges : mon jardin, mon foyer, ma maîtresse, je ne suis pas disposé à les partager ! Malheureusement, mes galipettes n'ont pas le même effet « harmonisant » sur ma maman : elle tempête, elle s'énerve, elle crie, car elle a horreur de la saleté. D'une certaine manière, elle me punit de mes escapades car, à chaque fois, j'ai droit à cette abominable et intense séance de brossage. Heureusement, ses colères ne durent jamais longtemps.

Après m'avoir traité de « cochon » (quelle horreur, ce qualificatif !), elle me câline et me caresse comme s'il ne s'était rien passé. Je reste cependant encore irrité de m'être fait gronder et je la mords parfois pour me venger !

Cela me fait penser à toutes les fois où elle me marche sur la queue ! Elle ne le fait pas exprès, bien sûr, mais mon réflexe est inévitablement de la mordre. Même si je regrette après coup, je trouve ma réaction bien naturelle.

Mais il me faut bien le reconnaître : en vieillissant, je vais de moins en moins dehors. Au printemps, les jardins sont aspergés de désherbant et c'est très toxique. De plus, je n'ai plus la force d'escalader les murs et je me suis retrouvé pris au piège chez les voisins plus d'une fois. Même si j'adore être consolé, je n'aime pas devoir pleurer des heures durant, avant d'être secouru par maman.

Il y a aussi plein de nouveaux chats qui errent dans mon jardin et tentent de me braver. Je n'ai pas peur, loin de là, mais je préfère sortir quand maman est près de moi. Pour me faire respecter, c'est plus facile.

J'ai donc dû me faire une raison et accepter de ne plus être le maître en toutes circonstances. Je n'ai plus « l'âge de la prime jeunesse », comme disent les humains. Je suis devenu raisonnable et je goûte mon bonheur plus simplement : en restant bien au chaud, nourri et choyé. Désormais, je préfère m'installer sur les deux chaises mises à ma disposition devant la porte vitrée, et regarder ce qui se passe à l'extérieur, plutôt que de gambader. En outre, il y a de plus en plus de chiens qui passent devant chez nous, accompagnés de leur maître. On en voit de toutes sortes : des grands, des petits, des gros, des maigres… C'est un vrai défilé ! Et encore, s'il était silencieux… mais ces cabots se permettent de me crier dessus ! On ne peut plus être tranquille chez soi !

Il faut que je vous dise… Tous les matins maintenant, je tâche de laisser un petit moment de répit à ma maîtresse si je sens qu'elle a encore besoin de sommeil. Je m'allonge contre son flanc, docile, et j'attends patiemment qu'elle se lève. Je sais que j'ai droit à des dessins animés pour récompenser ma patience et je ne veux pas rater une occasion de pouvoir les regarder. J'aime toujours y voir des animaux !

Ce matin, il faisait un temps superbe mais ils

annonçaient de la pluie pour le lendemain. J'ai donc voulu profiter du soleil pour faire un tour dans le jardin et les environs. À cause de mon âge, je vous l'ai dit, les sorties hors du jardin sont rares, mais quand je m'y prête exceptionnellement, je goûte mon plaisir et je ne vois pas le temps passer. Maman m'appelait mais je n'avais pas envie de rentrer immédiatement. Elle s'est inquiétée pour moi et c'était bien normal, parce que lorsque je saute un mur, je n'arrive pas toujours à revenir sur mes pas. Ah, la vieillesse…

De retour à la maison, j'ai fait profil bas. Je suis arrivé tout penaud aux pieds de ma maîtresse, petit pas après petit pas, tête baissée, m'attendant à me faire réprimander. Mais il n'en fut rien. Maman m'a simplement regardé d'un air indulgent en me demandant :

– Alors, tu ne m'entendais pas ?

Et puis elle m'a servi du poisson. Malgré son inquiétude, elle avait compris mon besoin de sortir au grand air !

Dernièrement, elle m'a acheté du fortifiant sous forme de gouttes. Je vais en avoir dès demain. Je suis difficile, alors je ne suis pas sûr de l'accepter, mais ça vaut le coup d'essayer. Cet hiver n'a pas été très rude et mes poils, habitués aux grands froids, n'ont pas repoussé normalement. Ma peau est sèche et me démange.

Lorsque je me rends compte de tout ce que maman fait pour moi ou pour les autres, de toutes les attentions qu'elle a pour tous, je suis ému. Les gens aiment parfois plus leurs animaux de compagnie que les propres membres de leur famille. Ils sont prêts à abandonner leurs parents en maison de retraite, à les laisser dépérir là-bas. Pas maman. Maman reçoit des appels de dames qui sont abandonnées par leur famille et elle tente de les aider comme elle peut. Même si je suis un animal, je pense que c'est lamentable que des humains puissent se comporter de façon aussi égoïste envers leurs aînés.

Chapitre 10

Petites et grandes peurs,
Grands et petits tourments !

Parfois je m'inquiète de savoir si je partirai le premier, car j'ai apporté et offert à ma maîtresse plus d'amour que quiconque avant moi, et je crains qu'elle ne se sente bien seule et qu'elle n'arrive pas à se débrouiller si jamais je n'étais plus là pour veiller sur elle. Je ressens l'océan d'amour qu'il y a entre nous, je sens cet amour vibrer en moi et ma maman, de la même manière que j'avais ressenti, à l'époque, vibrer l'amour de cette maman merle pour son oisillon que j'essayais d'emporter dans ma gueule. Cet amour est universel !

Avec l'âge, comme je deviens de plus en plus difficile en ce qui concerne les repas, j'avais craint que maman cesse de m'aimer, mais cela n'a pas été le cas, heureusement, car elle comprend parfaitement la situation ! Cette peur m'a longtemps tenaillé, et parfois, de façon soudaine, irréfléchie, elle me revient. Mais je sais bien que je me trompe. Ma maîtresse me câline et me caresse autant qu'avant. Et moi, je lui en suis encore plus reconnaissant, alors je me blottis contre elle, et j'entends battre son coeur. Cela m'apaise et je m'endors heureux.

La nuit, blotti contre toi,
Je songe à ma jeunesse,
Heureux, je suis là sous ton toit,
Bien que vienne ma vieillesse.

Tous deux l'un contre l'autre,
Que deviendras-tu si je pars ?
Il n'y aura personne d'autre,
Notre amour est à part.

Près de toi ma peur s'efface,
Tu cèdes à tous mes caprices,
J'envahis ton espace,
Ma vie devient un délice.

Je n'étais qu'un chat malheureux,
Comme ton enfant tu m'aimes,
Nous sommes tous deux heureux,
Vraiment, je sais que tu m'aimes.

Ce matin, j'ai eu une grosse frayeur. J'étais bien au calme et en sécurité à l'intérieur de la maison, lorsqu'un énorme chien a surgi de nulle part, dans le jardin. Quelle émotion… Et ce gros chien n'était pas notre premier invité surprise. Hier, un petit lézard est entré dans la maison ! J'ai voulu toucher sa queue qui ondulait dans son sillage, mais elle s'est cassée lorsque j'ai mis ma patte dessus. Le petit bout de queue qui restait s'est mis à remuer et à se tortiller tout seul. Ça m'a fait un drôle d'effet ! Je me suis demandé comment il allait faire pour survivre sans sa queue, mais maman m'a rassuré : la queue de cet animal finirait par repousser. Quelle drôle de chose ! Quoi qu'il en soit, je me suis promis de ne plus y retoucher s'il m'arrivait d'en croiser un à nouveau. Mais je ne réponds de rien s'il s'agit d'une souris ou d'un rat, parole de chat !

Cet hiver, le temps a été clément et nous n'avons pas eu à subir la farine qui vient du ciel. Ah oui, c'est ça : la neige ! Il faut dire que je n'ai pas de bottes et mes coussinets ont du mal à supporter le grand froid. Aujourd'hui encore, je suis allongé dans le grenier et maman vient régulièrement vérifier si j'y suis toujours. Elle sait bien que tout est fermé et que je ne pourrais pas aller bien loin, même si je le voulais, mais elle s'inquiète sûrement de me voir si solitaire. Tout un chacun sait bien que les chats s'isolent et se cachent pour mourir, mais je n'en suis pas là, ça non ! J'aime toujours communiquer !

Parfois, lorsque je m'aperçois que je me fais vieux et que j'ai de plus en plus de mal à me déplacer, je prends conscience qu'un jour je vais mourir. Je suis persuadé qu'il existe une sorte de paradis dans le ciel. Je ne sais pas ce que vous en pensez, mais moi, je crois que ma maîtresse m'y rejoindra !

Je me rends compte à présent combien j'ai été difficile avec elle. Rétrospectivement, cela me cause de la peine. Si quelque chose m'avait déplu durant la matinée, je boudais et la faisais languir en restant dehors alors même qu'elle voulait monter se coucher, pour reposer ses jambes. Bien sûr, comme elle ne voulait pas laisser la porte ouverte, elle restait à m'attendre jusqu'à ce que je daigne rentrer. Je l'observais de mon air le plus méprisant et ironique. J'ai aussi évolué dans ce domaine, et à présent, je respecte son âge et ses besoins.

Pourtant, depuis quelque temps, il me faut bien le reconnaître, je suis moins patient, un rien me dérange. Le roucoulement incessant des tourterelles m'empêche de dormir. Elles sont nombreuses, posées sur les fils électriques qui passent devant la fenêtre, et quand l'une d'elles arrête de chanter, une autre prend la relève. Cela me dérange d'autant plus que je dors davantage maintenant !

Je ne sors quasiment plus du tout hors du jardin. Trop de chiens traînent autour de la maison et les voitures roulent de plus en plus vite. J'ai peur des gens aussi, imprévisibles autant qu'agressifs. Satisfaire à ma mission auprès de maman me suffit amplement. Certains jours, elle souffre tellement qu'elle ne peut pas marcher. Notre condition et nos symptômes se ressemblent de plus en plus. C'est comme si nous nous rejoignions totalement dans la vieillesse !

J'ai quand même l'impression, parfois, de devenir gâteux. Par exemple, lorsque maman me demande de lui faire un bisou, je me précipite sur elle, alors qu'il y a quelques années, je l'aurais regardée dédaigneusement. À présent, j'ai de plus en plus besoin d'amour, d'affection et de chaleur humaine. Et avec l'âge, comme mon corps s'altère et m'impose ses exigences, je suis obligé de trouver des astuces pour ne pas perturber mon petit confort ! Il y a quelque temps, pendant la nuit, j'ai été pris soudainement de grandes envies de boire. Je me levais donc, descendais au rez-de-chaussée puis remontais les escaliers dans le noir. Mais je perdais ma place bien chaude dans le lit, car maman bouge pendant son sommeil. Je n'aime pas ça ! Alors une nuit, pour m'épargner les escaliers, j'ai bu directement dans le verre d'eau qu'elle conserve sur sa table de nuit !

Et j'ai besoin d'étancher ma soif de plus en plus fréquemment. Comme je bois beaucoup d'eau du robinet – même si je préfère largement l'eau de pluie recueillie dans les pots de fleurs ! –, Maman a consulté le livre d'un docteur qui s'occupe essentiellement des chats, et elle s'est rendue compte que l'eau du robinet ne me convenait plus. J'ai besoin d'une eau plus pure, moins traitée chimiquement : une eau de source. Alors depuis, j'ai droit à de l'Évian et je ne m'en porte que mieux. Mes poils sont plus soyeux, ma peau n'est plus sèche, ne me démange plus et je ne vais plus aussi fréquemment uriner dans ma litière.

Toute ma gratitude à ma tendre maîtresse qui fait tellement attention à moi !

Pourtant, maman continue de s'inquiéter pour ma santé, et désormais, elle parle à mon propos de « déshydratation récurrente », car en ce moment je bois un peu moins d'un verre d'eau par jour. Elle s'est confiée à ma marraine : celle-ci l'a rassurée en lui disant qu'à mon âge, c'était normal. Marraine s'y connaît bien en animaux car elle s'occupe des pauvres chats qui sont en prison à la SPA.

Ce matin, ma maîtresse a essayé de me brosser le dos. Il y avait bien longtemps qu'elle n'avait osé le faire. Immédiatement, mes yeux se sont assombris de colère et j'ai feint de la mordre. Mes dents ont frôlé sa peau et elle s'est reculée vivement pour échapper à la morsure. Je ne l'ai pas attaquée cette fois-ci, mais si elle recommence, je ne réponds plus de rien !

Chapitre 11

Réflexions (et récriminations !) au fil des saisons…

Je déteste la période des vacances ! Nous sommes en mai et je suis las de voir des chats abandonnés parce que leurs maîtres veulent partir en toute tranquillité (pour eux !). Ces pauvres chats sont livrés à eux-mêmes et doivent se débrouiller seuls pour manger. Pourtant, ici il n'y a ni souris ni rat. Alors les chats vont se délecter des poissons du bassin de maman. Les gros y nagent encore, mais les petits ont disparu un à un. Comme vous le savez, c'était pourtant notre petit plaisir, à ma maîtresse et à moi, de leur donner à manger. On y allait chaque matin. Maman a beau dire et expliquer aux voisins qu'ils ne doivent pas agir ainsi, on se moque d'elle et on ne l'écoute pas. Il n'y a plus de respect entre humains !

Ma maîtresse marche de plus en plus difficilement et hésite à sortir. Elle prend presque toujours sa voiture pour aller faire ses courses, et la dernière fois, elle portait des sacs très lourds sous le regard indifférent de ses voisins qui discutaient sur leur trottoir. Pas un seul ne lui a proposé son aide. Ils l'ont regardée marcher avec difficulté, ployant sous le poids de ses courses. Quels malotrus !

En parlant de courses, je vais voir ce que j'ai à manger pour la nuit. Je grignote vers quatre heures du matin puis je mange de nouveau à sept heures, un repas plus copieux, après avoir réveillé ma maîtresse d'un petit coup de patte sur la tête, comme à mon habitude. Elle m'a acheté de nouvelles boîtes, du poisson de différentes variétés. Je vais me régaler…. Je n'aime pas beaucoup la viande et ma maman, toujours aussi attentive, le sait bien.

Lorsque je mourrai, maman conservera mes cendres près d'elle car elle ne veut pas me perdre. Nous aurons eu une vie bien en harmonie : elle soigne comme je soigne, et je resterai toujours près d'elle, comme maintenant.

Cela me fait remonter des souvenirs, du temps où j'étais plus indépendant. Par exemple, jusqu'à il y a encore deux ans de cela, j'aimais courir après des bouchons en plastique et m'amuser avec mon petit ours. Je m'endormais en le tenant entre mes pattes, comme un doudou pour les enfants. Maintenant, je n'ai plus besoin de l'ours, mais juste de m'allonger contre ma maîtresse sur la couverture. Elle me répète que je suis beau et je la caresse avec ma queue pour la remercier.

Mais pour être tout à fait franc, elle m'irrite encore parfois ! À certains moment, j'ai l'impression qu'elle m'infantilise ou qu'elle agit comme si j'étais sénile. Lorsque je suis dans le jardin, elle cherche toujours à savoir où je me trouve et quand je m'installe devant la porte d'entrée ouverte de la maison, elle passe fréquemment dans le couloir pour vérifier que je suis bien là. Je ne me risquerais pas dans la rue de toute façon, ce n'est plus de mon âge. Et puis, sans raison, elle me demande de la rejoindre. Elle doit avoir peur de me perdre.

Chaque matin, lorsque nous descendons après une nuit de sommeil réparateur, je fais le tour de toutes les pièces, y compris du garage. C'est ma façon à moi de me rassurer en vérifiant que personne n'est venu troubler notre tranquillité.

Avant, le dimanche soir, j'aimais écouter de grandes chanteuses accompagnées d'un orchestre. Je mettais ma tête entre mes pattes et je restais des heures allongées à les entendre. Elles ne passent plus maintenant.

Ce matin, je me suis régalé. Maman a fait cuire du poulet hier soir, mais comme je ne l'aime pas chaud, j'y ai eu droit ce matin, avec de la gelée. Un vrai régal ! Cela me change de toutes mes boîtes, d'autant plus qu'on ne sait pas ce qu'il y a dedans. C'est comme les humains qui choisissent de privilégier le prix à la qualité : moi je ne mange pas de l'ordinaire et je sais apprécier la qualité du poisson que ma maîtresse me cuisine. Quand j'y pense, j'ai honte de savoir que beaucoup d'enfants n'ont pas droit à de si bonnes choses.

Là, je ne me sens pas très bien, j'ai dû attraper froid. Mon estomac doit être malade et me fait souffrir. J'ai peut-être trop mangé et je suis resté longtemps dans le grenier alors qu'il y fait une chaleur étouffante. Je le sais bien, ma maîtresse me le rappelle assez souvent, mais moi, pour que j'écoute les conseils que l'on me donne, c'est une autre histoire !

Ma maîtresse s'inquiète dès qu'il m'arrive le moindre mal, elle me dorlote et me câline. J'en profite autant que je peux car tout le monde n'a pas cette chance. Allez, après une bonne nuit de sommeil, j'irai mieux, c'est certain.

Ouf, c'est bien le cas ! Et aujourd'hui, maman a accepté que j'aille m'installer dans le grenier pour l'après-midi. Je sais bien qu'il y fait chaud, mais ce jour, il y a un vent rafraîchissant, donc je ne risque pas de me déshydrater.

Ma maîtresse n'a pas d'enfant humain, mais je suis sûre que si elle en avait eu, elle aurait été une vraie mère poule !

Ah, cet ordinateur ! Maman s'est mise dans une colère noire parce qu'il a effacé une partie du livre que j'écris ! Tout est à recommencer ! Elle s'est tellement énervée que j'en ai eu mal au ventre et ai vomi. Je n'aime pas la voir ainsi.

Nous, les animaux, sommes soi-disant moins intelligents que les humains, mais nous respectons ceux qui nous aiment et vivent avec nous, nous prenons soin d'eux. Alors que les humains, eux… Bon, je sais, je n'arrête pas de le dire, mais il faut voir comment les gens se comportent ! Ils n'ont aucun respect pour eux-mêmes et pour les autres, ils sont incorrects. Certains estiment que les personnes âgées ne sont bonnes à rien, pfff !

Il fait moins chaud aujourd'hui. Maman n'aura pas à me passer de l'eau sur le dos pour me rafraîchir. C'est pourtant agréable, contrairement à la pluie, et je regrette presque la chaleur. Au fait, vous connaissez Z ? Mais si ! Le chien très long et court sur pattes que l'on voit toujours dans le magazine *téléZ*. Je le trouve adorable pour un chien. Je suis sûr que nous pourrions être amis !

Posé sur les fils électriques qui passent devant la fenêtre de la chambre de maman, au premier étage, un moineau nous réveille tous les matins en sifflant. Son chant est magnifique. Il partage son fil avec une tourterelle qui lui tourne le dos. Je pense qu'elle est jalouse parce que son roucoulement est exaspérant comparé au beau chant du moineau. C'est la même chose chez les êtres humains, certains en jalousent d'autres.

J'ai recommencé à être malade et maman m'a emmené chez le vétérinaire. Il m'a endormi pour faire une prise de sang et le verdict a été sans appel : mon foie est malade et je dois suivre un régime. Le vétérinaire a profité de mon sommeil pour me couper les griffes qui n'avaient pas été coupées depuis ma sortie du refuge, autrement dit depuis treize ans ! J'ai cru que maman allait lui sauter au cou tellement elle était heureuse. Moi, je suis terrassé à l'idée de devoir réduire la quantité et surtout la qualité de ce que je mange…

Dehors, de jeunes gens s'amusent avec une balle et ils se battent en jouant. Si deux chats se battent, ils ont droit à une casserole d'eau froide sur la tête. Quelle différence de traitement !

Moi, ouf, je me sens mieux ce matin. Mais je suis désespéré d'être toujours au régime. Heureusement, au petit déjeuner, j'ai eu droit à mon poisson ; et je suis soulagé d'avoir quand même réussi à perdre deux kilos. Je suis si beau maintenant… Et toujours aussi modeste !

Demain, ce sera probablement une journée sans jardin à moins qu'il ne pleuve pas. Le jardinier doit venir aussi. Je l'aime bien, mais il fait beaucoup de bruit lorsqu'il tond l'herbe. Et quelle déception quand j'arrive dans le jardin et qu'il n'y a plus rien pour s'ébrouer ! Heureusement, il me laisse un coin d'herbe non coupée, c'est mon terrain de jeu réservé, rien qu'à moi.

Si maman n'avait pas rencontré des gens qui l'ont aidée à grandir, elle aurait pu commettre des bêtises. Les gens qui l'entourent ne comprennent pas toujours qu'elle aide les gens qui sont dans le besoin. C'est pourtant sa petite voix qui lui souffle de le faire. Mais certains profitent d'elle et lui font du mal. Lorsque je serai parti, qui prendra soin d'elle ? Elle sera seule et vulnérable. Pour l'instant, je surveille les gens qui viennent à la maison. Je les examine et si je sens qu'ils ne sont pas fiables, je reste près de maman, prêt à les mordre s'ils s'en prennent à elle. La protéger est ma mission d'amour.

Moi, j'aurais été heureux d'avoir des enfants, mais dans le refuge où j'étais, on ne m'a pas laissé le choix. Tout était imposé. Je vous l'ai dit, on me battait et on nous trimbalait dans des cages pour nous exposer comme des bêtes de foire. Cela m'a conduit à être méfiant pour le reste de ma vie. Je pense que l'on reste tous marqués par notre passé. Évidemment, certains ont moins de caractère et subissent beaucoup plus de choses sans se révolter, d'autres parviennent même à oublier. Mais ils sont rares.

Je suis comme les humains : je râle, je rouspète. Il fait trop chaud, il fait trop froid, il pleut… Et à cause de mon régime, je ne cesse de maigrir, je n'ai même plus assez de graisse pour me réchauffer. Alors comment voulez-vous que je sois de bonne humeur ! Vous l'avez peut-être remarqué, il n'y a plus d'illustrations me représentant depuis le dernier chapitre… C'est parce que je suis trop vieux, et plutôt que de me montrer sous cette apparence physique peu avantageuse, je préfère exposer la vivacité de mon esprit (même si lui aussi perd de ses facultés !). N'empêche, je perds peut-être bon nombre de mes neurones, mais je suis toujours capable d'écrire de beaux poèmes. Allez, je vous en livre un !

Elle est là tout contre moi,
avec son amour, toujours,
et mon cœur rempli d'émoi,
la remercie chaque jour.

Nous vieillissons ensemble,
oui, veillant l'un sur l'autre,
Un couple, il me semble,
Ne ressemblant pas aux autres.

C'est une vieille femme !
Lui un chat comme un autre !
Oh ! que de mots infâmes….
Pour deux corps qui ont une âme.

Je voudrais faire ce que je veux. Si je veux manger ce qu'il me plaît et mourir plus tôt, c'est mon droit, non ? Et on ose me dire que je suis le maître de la maison, quelle ironie ! Moi, je dis que c'est de l'égoïsme. Tout ça parce que maman ne veut pas se retrouver toute seule, qu'elle a besoin de mes bisous sur le nez pour se lever le matin, de mes capacités à la soigner lorsqu'elle souffre, et de mes caresses sur sa main avec ma queue… Je l'aime, mais manger sans sel : c'est une véritable torture ! Rien n'a de goût…

Mon seul espoir maintenant est qu'elle cède en voyant que je maigris trop vite. J'espère qu'elle va prendre peur. En attendant, je boude et monte au grenier pour m'isoler. Je veux qu'elle voie que je suis mécontent. Peut-être que ça la fera réagir plus vite ? Au moins, je suis au calme, je peux méditer sur mon passé et mon avenir. Je sais que je n'ai pas à m'en faire, excepté pour les jours qui passent et pour ma vieillesse, car je suis aimé et beaucoup d'humains n'ont pas cette chance.

Comme ma maîtresse est aux petits soins pour moi ! Elle me sert de l'eau bien fraîche que je bois avidement. Elle me soigne comme si j'étais en convalescence, et j'y suis d'une certaine manière. Le matin, je fais un petit tour du jardin, couvé par son regard inquiet. Je vais bien pour le moment, mais j'ai peur de ce qu'il adviendra de ma maîtresse lorsque je n'aurai plus la force de monter les escaliers ou de sortir dans le jardin. Je crains que le temps s'arrête pour elle aussi et qu'elle ne se remette pas de mon départ. Et pourtant, je ne serai pas éternel…

Maman et moi, nous ne sommes vraiment pas comme tout le monde. Mais c'est difficile à vivre lorsque l'on ressent ce qui arrive aux autres. Être empathique est épuisant. Les gens ne comprennent pas et pensent que maman raconte des histoires lorsqu'elle affirme qu'elle sait ce que je ressens. Mais moi, je sais qu'elle dit la vérité.

Allez, je vais me reposer un peu, une de mes pattes me lance. J'ai beau être un chat exceptionnel, écrire demande beaucoup d'efforts ! Je m'en vais faire une petite sieste dans la véranda avant que nous ne montions tous les deux, maman et moi, pour la nuit. Oh, je pourrai alors me blottir contre elle, ne plus penser à rien car je serai en sécurité. Je sais qu'elle me protège et ça me rassure. Je sais bien que je ne suis plus capable de me défendre comme autrefois. Mais je suis heureux.

Chapitre 12

Accidents sacrément déplaisants !

Oh, quel drame ! Maman est tombée à la maison et elle s'est cassé un os près de la main droite, le radius, si j'ai bien compris. Elle a été opérée et elle est revenue avec une attelle. C'est quelque chose de très dur qui sert à protéger les trois broches qu'ils lui ont ajoutées. Trois broches, dans un bras, j'aurai tout vu !

Elle a beaucoup de mal à me donner à manger maintenant, car elle est droitière. Heureusement, une amie lui a prêté des ciseaux de gaucher pour découper mes sachets de nourriture. Lorsqu'elle mange, elle est même obligée d'attraper sa viande avec les doigts ! En montant sur la table, je me suis aussi aperçu qu'il y avait de l'eau dans son verre. J'ai voulu goûter en trempant ma patte dedans, c'était bien de l'eau ! À présent, lorsqu'elle mange, elle me sert toujours un verre d'eau fraîche sur la table, comme ça je peux l'accompagner pendant ses repas. C'est très simple, mais il fallait y penser !

Au début, j'ai été très intrigué par son attelle. J'ai délicatement posé une patte dessus, c'était très dur. Puis j'ai regardé son autre patte - heu, son autre bras ! J'ai mordillé sa peau, sans lui faire mal, pour vérifier que c'était toujours comme avant. J'étais rassuré. J'ai bien vu qu'elle avait mal, alors je me suis assis tout près d'elle lorsqu'elle faisait sa sieste et j'ai cherché du bout de ma queue où son os avait été cassé. J'ai apaisé sa douleur et j'ai commencé à la soigner. Maintenant, elle n'a presque plus mal et le docteur lui a dit que son os se consolidait bien. Heureusement que je suis là !

Je ressens aussi lorsqu'elle a une baisse de moral et je la suis alors partout pour qu'elle se sente moins seule. Sauf lorsque des étrangers viennent à la maison, comme en ce moment. Une infirmière est là pour s'occuper de maman, comme si je ne suffisais pas, moi ! Et une autre dame vient aussi pour lui faire ses courses. Quel va et vient dans notre foyer ! Je ne suis pas jaloux, mais vexé de ne pas lui suffire, et je me cache au garage jusqu'à ce qu'elles partent.

Ça y est, elle est enfin débarrassée de cette chose ! J'ai de nouveau droit à des caresses de sa main droite. Elles sont moins appuyées qu'avant mais c'est mieux que rien. Elle a dû garder son attelle six semaines, j'étais très malheureux de la voir ainsi pendant tout ce temps.

Oh là là ! Je viens de passer un mauvais moment ! La fenêtre du rez-de-chaussée qui donne sur le petit jardin devant la maison était grande ouverte et maman m'avait interdit de sortir car il était dix-neuf heures passées et la nuit tombe vite en cette période de l'année. Mais la tentation était trop forte. Je me suis donc mis sur le rebord de la fenêtre et j'ai sauté. À seize ans, c'est un exploit ! Multipliez par six l'âge que j'ai et vous obtiendrez l'âge humain correspondant. Quatre-vingt-seize ans, vous vous rendez compte ? Que la fenêtre soit au rez-de-chaussée n'enlève rien à ma prouesse !

J'ai senti le regard de ma maîtresse sur moi et je me suis tapi dans l'ombre pour lui échapper. Je me suis dirigé vers le côté de la maison qui mène au grand jardin. Et là, je vous le donne en mille ! Je me suis retrouvé nez à nez avec ma maîtresse, qui avait deviné mon stratagème pour lui échapper. Elle m'attendait devant la porte de la véranda ouverte et je n'ai pas eu d'autre solution que de la rejoindre, l'air penaud. Elle ne m'a rien dit et m'a même aidé à monter les escaliers que je ne peux quasiment plus gravir sans son aide. Ne riez pas, un jour vous comprendrez ce que c'est que de vieillir. J'ai passé la nuit à dormir sur son lit. De temps en temps, elle me gratifiait d'une caresse car elle aussi se réveillait régulièrement à cause de ses douleurs.

Durant la journée, j'ai fait une incursion dans le jardin pour essayer de trouver des papillons. Je n'en ai quasiment pas vus et le silence qui régnait autour de moi m'a surpris. Il n'y avait plus aucun oiseau et même le roucoulement des tourterelles avait disparu ! Que s'est-il donc passé ? Je n'en sais rien, mais tout cela est bien étrange…

Les femmes ne sont jamais contentes ! Avant, on me reprochait d'être trop gros et maintenant que j'ai maigri, on me reproche presque de faire pitié. Pourtant, je n'ai jamais été aussi élégant. Enfin, je prends du recul et j'essaie de m'habituer aux avis changeants de ma maîtresse.

Figurez-vous que j'ai fait comme maman aujourd'hui, je suis tombé ! J'ai raté une marche en descendant du grenier et je suis tombé tout en bas. J'ai eu une peur bleue, mais je ne me suis rien cassé ! Ceci dit, je n'y remonterai plus jusqu'à nouvel ordre…

Le poignet de ma maîtresse va mieux. Je continue de soigner sa fracture car elle a beaucoup de difficultés encore à faire les choses, mais je l'encourage en ronronnant très fort. Je l'inquiète aussi un peu, car je mange moins depuis que la chaleur est revenue. Cet après-midi, je me suis lavé derrière les oreilles, il paraît que c'est signe de pluie. Si elle pouvait rafraîchir l'atmosphère, je ne m'en plaindrais pas.

Je ne sais pas qui est le plus têtu de nous deux. Le soir,

je voudrais sortir un peu mais elle m'en empêche car elle a peur de ne pas me retrouver dans la pénombre. Je sais que mes poils sont noirs, mais je ne peux aller nulle part, alors pourquoi s'en faire ? Ma maman est une vraie mère poule, elle ne peut plus se passer de moi. Enfin, je ne m'en plains pas trop car toute cette attention me rassure.

Une bonne nouvelle, enfin ! Il y a bien longtemps qu'elle ne m'avait pas cuisiné du poulet et là, je sens que je vais me régaler ! J'ai tout le temps droit à du poisson, c'est lassant à la fin. Vous vous rappelez comment je préfère le poulet ? Je l'aime froid, avec un peu de gelée dessus. Exigence de Roi. Et le Roi, c'est moi !

Et pour finir

Chapitre sans fin

Je me sens bien fatigué… Un ami de ma maman vient régulièrement à la maison, ces derniers temps. J'ai dit que je me méfiais des hommes, mais lui, il est différent. Il nous aime, nous, les animaux. D'ailleurs, il s'est mis à notre service ! Ainsi, quand des maîtres veulent partir en vacances, ils font appel à lui pour venir s'occuper de leur chien ou de leur chat, ou encore de leur poisson rouge.

Il a proposé de venir pour m'aider à faire un petit tour dehors. Je suis bien incapable de m'y traîner tout seul maintenant… Et cela me ferait du bien de faire un petit tour du propriétaire.

Il peut se sentir flatté : c'est bien l'un des rares deux pattes qui pourra se vanter de m'avoir porté !

Je suis bien, lové dans ses bras robustes. Ses gestes sont d'une grande délicatesse et je me laisse aller. Son pas qui arpente le jardin, me berce.

L'air est frais, mais tellement agréable sur mon museau qui frémit. C'est le début de la saison froide, celle où tout animal, tout être doué de sensibilité, rêverait d'avoir un foyer, de la chaleur, à manger… et de l'amour.

Ce bonheur qu'il m'a été donné de connaître et de vivre auprès de maman.

Tous les bruits autour de moi me paraissent atténués, lointains. Je n'entends que sa voix, la voix de ma maîtresse, la voix de MA MAMAN…

Je ressens un apaisement… royal.

Lorsque je te quitterai,
Non, ne pleure pas, maman…
Oh, ton enfant j'ai été !
Je n'étais qu'un chat aimant.

Oui, je t'avais adoptée,
Quand tu m'as tendu tes mains,
Que de douceurs, de bonté,
Du bonheur au lendemain.

Oui, tu m'as soigné,
Oh, donné un grand bonheur,
Je t'ai soignée et aimée,
Mais arrive mon heure.

Je ne suis qu'un animal,
Un chat t'aidant à vivre,
Te calmant souvent ton mal,
De douleurs, je suis ivre.

Non, ce n'est pas un leurre,
Mon Dieu je vais te quitter,
Oh, voici venir l'heure,
Pleure pas, Maman Bonté,

Au paradis je serai,
Pour chaque jour te parler…

Du même auteur :

Les marches de la sagesse - 2006, Les 2 Encres - 2015, BoD
La mal venue - 2006, Les 2 Encres
L'ingénue des Folies Siffait - 2009, Les 2 Encres
Marchands de mort - 2010, Les 2 Encres
Adieu primevères et coquelicots - 2010, Les 2 Encres
Le Ressac de la Loire (poésies) - 2011, Les 2 Encres
Le manoir de la douleur - 2011, Les 2 Encres
Les Sourires d'inconnus - 2012, Les 2 Encres
Le leurre d'une vie - 2013, Les 2 Encres
Moi, Titi, chat-guérisseur - 2015, Les 2 Encres - 2015, BoD

Photocomposition
Nathalie Costes

DÉPÔT LÉGAL
Février 2015
réédition décembre 2015

Imprimé par Books on Demand GmbH, Nordertedt, Allemagne